无障碍阅读 精美插图 名师点评

中国青少年必读名著

大卫·科波菲尔

〔英〕狄更斯◎著　焦庆锋◎编

彩色美绘版

黄河出版传媒集团
宁夏人民出版社

图书在版编目 (CIP) 数据

大卫·科波菲尔 / (英) 狄更斯著；焦庆锋编 . --

银川 : 宁夏人民出版社 , 2015.12

（中国青少年必读名著）

ISBN 978-7-227-06199-1

Ⅰ . ①大… Ⅱ . ①狄… ②焦… Ⅲ . ①长篇小说—英

国—近代 Ⅳ . ① I561.44

中国版本图书馆 CIP 数据核字 (2015) 第 299117 号

中国青少年必读名著
大卫·科波菲尔　　　　[英] 狄更斯　著　焦庆锋　编

责任编辑	贺飞雁
封面设计	焦庆锋
责任印制	肖　艳

黄河出版传媒集团
宁夏人民出版社　出版发行

地　　址	银川市北京东路 139 号出版大厦（750001）
网　　址	http://www. yrpubm.com
网上书店	http://www.hh-book.com
电子信箱	renminshe@yrpubm.com
邮购电话	0951-5052104
经　　销	全国新华书店
印刷装订	三河市恒彩印务有限公司
印刷委托书号	（宁）0001301

开　　本	640mm×920mm　1/16
印　　张	12
字　　数	120 千字
印　　数	6000 册
版　　次	2015 年 12 月第 1 版
印　　次	2015 年 12 月第 1 次印刷
书　　号	ISBN 978-7-227-06199-1/I·1583
定　　价	19.80 元

　　世界名著是人类文化艺术发展道路上的丰碑，它以生生不息的思想力量、经久不衰的语言魅力深深打动着一代又一代的读者。对于青少年而言，大量阅读文学名著，是行之有效的阅读行为。文学名著凭借超拔的构思、动人的故事、隽永的语言，实现了文学大家对自然与人类社会不凡的理解和想象。沉浸其中，会让你成为一个对事物有通达理解的人，一个个性健康、感情充沛、志趣高尚的人。总而言之，读名著对你的智商与情商的提高都有莫大的好处。

　　为了系统地向广大青少年传递世界名著精华，我们精心组织编写了这套《中国青少年必读名著》。我们从浩瀚的知识海洋中，撷取精华，汇聚经典，将最受世界青少年青睐的作品奉献给大家。该系列丛书会给读者朋友们打开一扇心灵的窗户，让读者朋友们在知识的天地里遨游和畅想，为青少年朋友们搭建一架智慧的天梯，让我们在知识时空中探幽寻秘。本套丛书内容健康、有益，紧扣中学生语文课标，集经典性、知识性、实用性、趣味性于一体。我们精选的这些名著都是经历了历史与时间的检验，是公认为最具有杰出思想内涵或文学艺术品位的名著，是一份让广大青少年朋友品味人类知识精华的大餐。

　　由于编纂时间仓促，加之编者水平有限，编写过程中难免出现纰漏，还望广大读者批评指正。

阅读导航 ▶▶▶

名家导读

名家导读就像浩瀚海洋中的灯塔，引导你正确地思考，在阅读引领的指引下开始每章的旅程。

延伸思考

伴随着故事情节的发展，针对一些关键性的情节展开疑问，加深读者对作品的印象。

中国青少年 必读 名著

三、我的学校生活

名家导读

可怜的大卫被继父送到伦敦附近的寄宿制学校接受管教，大卫在寄宿制学校将会遇到和经历怎样的悲惨境地呢？

走了大约有半里路，我的小手绢就已经完全被泪水湿透了。这时，马车突然停了下来，我惊喜地看见辟果提从路边的树丛里冲了过来，迅速爬上了马车。她一把将我搂在怀里，从她的衣兜里掏出几纸袋子点心，塞进了我的衣兜，并把一个钱包放在我的手里。然后，她就下车跑开了。

马车又继续往前走去。走了一段很远的路，我才停止了哭泣。我打开钱包，里面装着七枚光亮亮的先令儿。我又想起了母亲和辟果提，就又哭了起来。过了一会儿，我不再哭了。我问车夫，我们是不是一直到那个地方。

"我只到雅茅斯，你可以在那里搭长途马车去伦敦"。

我给了他一块点心，他一口就吞下去了。

"这点心是她做的吗？"巴吉斯先生问道。

"你说的是辟果提，先生？"

"啊，是啊！"巴吉斯先生回答说。

延伸思考

【动作描写】

通过对辟果提一系列的动作描写，流露出她对可怜的大卫的疼爱之情。

22

告别的时候，摩德斯通小姐又一次警告我母亲说："克拉拉！不许如此！"

我吻了吻母亲和我的小弟弟，那一时刻我心里难过极了。

我上了马车。忽然听到我母亲在呼唤我，我向车外望去，只见我母亲顶着寒风，一个人站在大门前，眼睛热切地望着我，双手把小弟弟高高地举起来让我看。

这是我最后一次看到我母亲活在人世上。

【场景描写】
通过描写妈妈送别我时的情景，流露出妈妈对我深深的疼爱却受到压抑管制的无奈与忧伤。

名家点评

回家过假期的大卫依然没能得到摩德斯通先生他们的好感和善待，相反，在摩德斯通先生的严厉管教和约束下度过了一个压抑无聊的假期。

拓展训练

1. 辟果提对来自巴吉斯先生的求爱持什么态度？
2. 摩德斯通小姐数日历的行为流露出她怎样的想法？
3. 摩德斯通先生为何要反对大卫躲进房间？

39

阅读导航

目录
MULU

一、我的童年时代

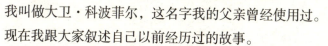

名家导读

大卫·科波菲尔？世界顶级魔术师？不！这个大卫·科波菲尔是英国小说家查尔斯·狄更斯长篇小说中的主人公，想了解这个主人公的个人传奇吗？那就开启阅读旅程吧。

我叫做大卫·科波菲尔，这名字我的父亲曾经使用过。现在我跟大家叙述自己以前经历过的故事。

我出生在英国萨弗克的布兰德斯通。我父母结婚一年以后，我父亲就去世了。

贝西·特洛乌德是我的姨婆——我父亲的一个姨母。姨婆曾经嫁过一个比她年轻，相貌非常英俊的丈夫。但由于感情不和，双方协议分居了。我姨婆在他们分居以后，在离我们家很远的海边买了一栋房子，住在那里过着单身女人的生活。

我父亲曾经是我姨婆疼爱的人，但由于我父亲执意娶了我的母亲，这使我姨婆感到非常的失望和难过。她认为我父亲娶了一个年龄比他小了很多的姑娘做妻子。因此，当我父亲决定与我母亲结婚时，我姨婆从此就和我父亲失去了联系。

延伸思考

【交代说明】通过交代主人公大卫·科波菲尔遗腹子的身世，烘托出人物凄凉的人生经历氛围。

但是，就在我母亲即将分娩时，我姨婆闻讯来到了我们的家里。

那是在三月份的一个星期五的下午，我母亲正一个人坐在火炉旁为自己的不幸和孤单而轻声啜泣起来。当她抬起头擦拭眼泪时，一张陌生女人的脸贴在窗户的玻璃上向屋子里张望。陌生的女人做着手势，示意我母亲去开门。我母亲走过去，开了门。

陌生女人问道："我想，你就是大卫·科波菲尔太太吧？"

"是的。"

"特洛乌德·贝西小姐这个名字，你也许听说过吧？"

"听说过。"

"她就站在你的面前。"贝西小姐说道。

我母亲垂着头，请她进了屋子。

贝西小姐坐在客厅的椅子上，好长时间都不说话。我母亲突然又哭了起来。

"噢！行啦！行啦！别这样嘛！"贝西小姐说，"把你的头抬起来，孩子。让我好好看看你。"

我母亲顺从地抬起了头。

"哦，我的上帝！这不活脱脱一个吃奶的孩子嘛！"

我母亲哽咽着说，她知道自己的年龄还小，还是一个带着孩子气的寡妇，如果她能活着把孩子生下来，她也就只好做一个孩子气十足的妈妈了。

"喂！孩子在什么时候生下来——"贝西小姐问她道。

"我浑身打战，"我母亲颤抖着声音说。"不知道为什么，我想，我就要死去了。"

"不，不，别说傻话！"贝西小姐说，"喝点儿茶吧，这会对你的身体有好处的。哎！你的女孩叫什么名字？

"我还不知道是不是个女孩呢，小姐。"我母亲认真地回答说。

"不，我不是说那个。我是说你的女佣人。"

"辟果提。"我母亲回答说。

"辟果提！"贝西小姐生硬地重复了一遍。"怎么起了一个这样的怪名字？"

"这是她的姓。她的名字叫克拉拉，因为跟我同名，所以我就这样称呼她。"我母亲胆怯地说道。

"哎！辟果提！"贝西小姐打开客厅的门大声叫道。"端些茶来，你的太太有些不舒服。不要闲荡！"

她重新坐了下来，看着我母亲的脸说道："你刚才说到孩子，我肯定她会是一个女孩。我有一种预感，一定是个女孩的。那，孩子，从这个女孩降生的时候起——"

"也许是个男孩呢。"我母亲冒冒失失地打断了她的话说。

"我告诉你，我有一种一定是个女孩的预感。你不要拌嘴。从这个女孩降生的时候起，我愿做她的教母，请你答应我。对了，给她起个名字，就叫她贝西·特洛乌德·科波菲尔吧。我会使她受到良好的教育，得到良好的监护的。我绝不再让我生活中所犯过的错误在她身上重演。这是我的责任！"贝西小姐非常激动，一口气说完了这些话。

我母亲呆呆地没有说一句话。因为，她太害怕贝西小姐了，而且，自己感觉到身体越来越不舒适了。

贝西小姐沉默了一会儿问："大卫待你好吗？你们在一起快活吗？"

"我们非常快活！科波菲尔先生待我真是太好了。他什么都帮助我做。可，可他却去了——"

【语言描写】
通过描写姨婆的语言与语气，显示出人物富有主见和略带强势的性格。

名词解释
【语言描写】
通过描写姨婆的话，显示出人物对女孩的情有独钟，这也为下文中主人公男孩身份而遭遇冷待做了铺垫。

　　我母亲想起自己的丈夫悲伤地说不下去了，她感觉到自己已经快支撑不住了。辟果提看到我母亲十分难受的样子，赶紧请来了医生和护士。

　　午夜时分，祁力普医生走下楼来。

　　"先生，她好吗？"贝西小姐着急地问道。

　　"哦，小姐，科波菲尔太太平安无事。"

　　"那个小孩子，她好吗？"

　　"小姐，恭喜你！那是一个漂亮的男孩，他也很好！"

　　贝西小姐知道生的是个男孩儿，再也不说一句话，戴上她的帽子，径直走出了屋子。从此，她再也没有来过。

【延伸思考】
【动作描写】
通过描写姨婆的一系列反应和动作，显示出人物失望的神情。

　　我，大卫·科波菲尔，就是这样降生到了人世间。

　　在我最初的记忆里，我的孩提时代是非常幸福的。

　　辟果提说："咱们一块儿去雅茅斯我哥哥家住两个星期吧，那里很好玩的！"

　　"你哥哥是一个有趣的人吗？"我问道。

　　"噢，他是一个非常有趣的人！雅茅斯那里有大海，有很多的船，还有沙滩。还有一个叫海穆的男孩，在那里你会跟他玩得很开心的！"

　　"母亲会同意我去吗？我们走了，她一个人在家不孤单吗？"

　　"哦，她一定会让我们去的。你还不知道吧，她就打算去跟她的朋友葛雷波太太一起住上两个星期呢。她不会感到孤单的。"辟果提说道。

　　我母亲回来了，她答应了我和辟果提一块儿去雅茅斯的请求。

【延伸思考】
【设置悬念】
本来是挺令人兴奋的一次旅行，为何会失去快乐的家？此处设置悬念，为下文母亲再婚埋下伏笔。

　　我们出发的那天，我至今还记得是多么急切地想尽快到达目的地，在那里玩个痛快。可就这么一去，竟是永远地离开了我那快乐的家。

我还记得，当马车开始走动时，母亲却喊叫着让马车停下来，她还要再亲昵地吻我一次。

马车走动了。我和辟果提看到摩德斯通先生正走向我的母亲。他好像在责怪我母亲不应该难过。

马车行走得非常缓慢。辟果提备有一篮子食物，供路上我饿了就吃。我困了就睡。马车沿途停留了许多次……这样漫长的旅途使我感到十分的厌倦。这样的旅行终于结束了，当我们看到雅茅斯的时候，我顿时感到了心旷神怡。

雅茅斯濒临大海，是一个很大很热闹的镇子。我们来到一条充满鱼腥气，用石头铺成的街道上。

"我的海穆在这里！长得我都快认不出来了！"辟果提惊喜地看着自己的儿子对我说。

海穆是个大个子，身高足有六尺，又魁梧又强壮。他生有一张孩子气的脸，还有一头浅色的卷发。海穆把我背在他的背上，腋下挟着我们的一只小箱子，辟果提拎着另一只箱子，穿过一些铺沙的小巷，经过煤气厂、制绳厂、补船厂、造船厂以及工匠房，最后来到一片广阔的沙滩上。

"那里就是咱们的房子，大卫少爷！"海穆对我说道。

我专注着向四下里张望，只看到海滩上有一条黑色的大船。

"就是那个像船一样的东西吗？"我好奇地指着那只船问他。

"是的，大卫少爷。"海穆回答道。

我感到十分的惊奇和高兴。这船便是他的房子了。这船本来不是作为房屋的，不是留在陆地上供人居住的，而今，它却实实在在地成了停靠在陆地边上的船屋！

我们走进屋里，发现屋里面收拾得非常干净和整齐。辟果提打开一扇小门，说那间将是我住进去的卧室。

在船屋里，我和辟果提受到一个穿白帷裙的女人很有礼貌的欢迎，她是古米治太太。船屋里还有一位叫爱弥丽的小姑娘。

我们吃了一顿丰盛的晚餐。尤其是那道煮比目鱼的汤真是鲜美极了。

在晚餐将要结束时，一位黝黑多毛，相貌很和气的男人走了进来。辟果提把我介绍给了他，也把他介绍给了我，他就是辟果提的哥哥——丹尔·辟果提先生。

"啊！欢迎您，大卫少爷，看到您，我非常的高兴！"辟果提大伯说道。

"谢谢您！"我回答说，"在这样有趣的地方，我一定会快活的。"

"哈哈！大卫少爷，您能到我们这里来，我们感到十分光彩！我希望您和她在一起，会觉得很愉快。还有，和海穆、爱弥丽在一起，你同样也能得到极大的快乐的！"

这个晚上，我们围坐在火炉旁边谈心。那时我才知道辟果提大伯是一个很穷的单身汉。海穆是他弟弟的儿子，爱弥丽是他妹妹的女儿。海穆和爱弥丽的父亲都是在出海的时候，遇到台风而葬身大海的。辟果提大伯把他们收养在身边，当作自己亲生的儿女一样对待。古米治先生曾是他的好朋友，在贫困交加中病死了。辟果提大伯出于义气之情，就把他的遗孀——古米治太太接到他这里一起生活了。

我睡在那张舒服的小床上梦见了我们的船正在乘风破浪地出海了，而辟果提大伯则是我们的船长。

第二天早晨，我和爱弥丽一块儿出去，到了海边上捡贝壳。

"你一定很爱海吧？"我问她。

延伸思考

【解释说明】通过对这一家人复杂身世的解释说明，刻画出辟果提先生善良仁爱的品格。

名词解释

【梦境描写】通过对大卫的梦境的描写，流露出人物对辟果提先生的崇拜以及住在船上的兴奋之情。

"啊，不！我怕海！我曾亲眼看到过海浪把一艘大船打成了碎片。大海对我们这些人是十分残酷的。"爱弥丽说。

我跟着爱弥丽走到了一个旧码头上，她走得太靠近边缘了，我真担心她会跌下海里去。

"刚才你还说怕海，现在看来你好像并不怕它呀？"我对着爱弥丽说。

"大海也有温存的时候，像现在这样的安静，我就不怕。但是，当风暴骤起的时候，它会发怒，我就特别地怕。"说完，爱弥丽跑上了一条伸在水面上的锯齿形的木头。我看到后很是担心害怕，看着她毫无畏惧的样子，我心里暗自嘲笑自己太是胆怯。可是，我在后来的生活中想到，假如那天爱弥丽掉到海里被淹没，那是多么怕呀。

我爱上了爱弥丽。我们时常带着相亲相爱的样子，漫不经心地在雅茅斯的海滩上散步。古米治太太和辟果提时常议论着我们："天哪！他俩真是很漂亮的一对！"辟果提大伯则嘴含烟斗，总是望着我们微笑。

我发现古米治太太的性格有时候是暴躁的。有一天晚上，辟果提大伯外出和几个朋友聚会去了。古米治太太这一整天本来就情绪低沉，这时候她发起了牢骚。

"我是一个孤苦伶仃的人，干吗，一切都跟我作对。"她这么说道，还不停地埋怨天气寒冷。

"这天是冷。"辟果提说道。

"我比别人更觉得冷！"古米治太太说道。

我们吃的晚餐，鱼小而又多刺，马铃薯也有点烧焦了。大家都觉得有一点失望，但是古米治太太说，她比我们更觉得失望。于是，她低声哭泣起来。当辟果提大伯回来时，她仍在哭泣。

辟果提大伯说："有什么不称心的，太太。你要快活些才对嘛！"

"我很惭愧，是我把你赶出去的。"古米治太太说道。

"不，不，是我自己要出去的。"辟果提大伯爽快地笑着说。

"我是一个孤苦伶仃的人，没有人喜欢我，我的命太苦了！"古米治太太说过这些话，就睡觉去了。辟果提大伯望着她的背影，低声说道："唉！她在想念那个老头子呢。"

我不明白辟果提大伯说的那个老头子是谁，于是就问辟果提。她告诉我：就是已经死去的古米治先生。

两个星期过去了，我的雅茅斯之行就要结束了。离开爱弥丽，使得我很痛苦，爱弥丽也非常的难过。我们手挽着手走到马车站，我不情愿地上了车后，我们还在深情地对视着，依依不舍。马车开始前行了，我感觉到心里空荡荡的。但是，想到很快就要见到母亲了，才又逐渐高兴了起来。辟果提却显示出很忧愁不安的样子。

我们一路颠簸、非常疲倦地回到了家。

这是一个寒冷、晦暗的下午，天空乌云密布，一场大雨即将来临。我怀着欢喜、激动的心情跳下马车，准备一下子扑进母亲的怀抱。大门打开了，我看到的却是一个陌生的仆人。

"我母亲还没回来吗？"我伤心地问道。

"回来了，回来了。"辟果提说。"来，大卫少爷，我告诉你一件事。"她把我领进厨房，然后关上了门。

"辟果提！到底发生了什么事呀？"我十分吃惊地问道。"我妈妈在哪里？她为什么不出来迎接我们？妈妈不会死了吧！她没有死吧，辟果提？"我顿时难过地流下眼泪。

"没有！我亲爱的孩子。我早就应当告诉你的，你已

【名词解释】
【语言描写】
通过描写古米治太太的语言，流露出人物对自身命运的伤感之情。

【延伸思考】
【天气描写】
通过描写天气的阴沉，烘托出主人公即将面临的家庭再次变故的氛围。

延伸思考

【动作与神态描写】通过描写我听到妈妈再婚消息后的动作与神态，显示出人物内心惊恐伤感的心情。

经有了一个新的爸爸。"辟果提紧紧地搂抱着我说道。

我颤抖了，脸色变白了。

"走，去见见他。"辟果提拉着我的手说。

"我不要见他！"

"那——还有你妈妈呢！他毕竟是……"辟果提说道。

我不向后退了，和辟果提走出了厨房，一直走进那间最好的客厅。

客厅里，在火炉的一边，坐着我的母亲，另一边，坐着摩德斯通先生。

我母亲再婚这年，我只有八岁。

名|家|点|评

大卫这个可怜的孩子，在还未出生时就遭遇了丧父的家庭变故；遗腹子出身的他又因性别问题而受到姨婆冷落；八岁时又被迫接受妈妈再婚的现实。命运多舛的他好在有个女佣辟果提对他很好。

拓展训练

1. 姨婆为什么反对大卫父母的婚事？

2. 大卫在辟果提哥哥家旅行玩耍时爱上了哪个小女孩？

3. 当大卫结束旅行返家后发现了什么家庭变故？

二、我在新的家庭里

名家导读

　　年仅八岁的大卫不得不面临和接受母亲再婚的残酷现实，可怜的大卫将遭到继父摩德斯通先生怎样的虐待呢？

　　我的卧室已经换成了另外的一间房子。我躺倒在床上，想到已经过去了的欢乐时光和家庭里发生的新变化，就蒙头大哭起来，一直哭到昏昏入睡。

　　"他在这里！"我突然被大声说话的声音吵醒了，原来是母亲和辟果提站在我的床前。

　　"大卫，亲爱的孩子。你这是怎么了？"我母亲关切地问道。

　　"没有什么。"我一边把脸转向里面的墙壁一边回答她。当母亲要把我拉起来时，我把她的手推开了。

　　"这是你干的好事，辟果提，你这个坏女人！"我母亲愤怒地说道。

　　"我知道，是你在教唆我的孩子来反对我，或反对我所亲爱的人，你怎么对得起你的良心哪？辟果提？"她继续指责她。

　　"上帝饶恕你，科波菲尔太太，但愿你真心，永远不

名词解释

　　【动作描写】大卫推开妈妈拉他的手的动作描写，显示出大卫对妈妈瞒着他再婚的埋怨之情。

11

为你刚才所说的话后悔!"辟果提强忍着屈辱,用发颤的声音说道。

"你们,真把我气昏了。大卫,你这淘气的孩子!辟果提,你这残忍的女人!这还是在我的蜜月中,你们却不让我快活。啊,天哪!怎么会是这样!"我母亲叫道。

我感到一只手在触摸我,这手既不是我母亲也不是辟果提的。于是,我在床边站了起来,是摩德斯通先生的手。

"这是怎么回事,克拉拉?"摩德斯通先生问道。

随之,摩德斯通先生把我母亲拉到身边,说:"我不是跟你说过吗,一定要坚定些!我亲爱的!你下楼去吧,让我们一块儿待会儿,我和大卫一定会相互增进了解的。"

我母亲下楼去了。摩德斯通先生立刻沉下脸来对辟果提说道:"你知道,你的女东家已经姓了我的姓,以后不许你再称呼她科波菲尔太太。记住了吗?"

辟果提向我投来不安的眼神,缓缓地下楼去了。

"大卫,假如我要让一匹马或者是一条狗听我的话,你猜我会怎么做?"摩德斯通先生对我说道。

"我不知道。"

"我要打它,我要制伏那家伙,使它害怕,感到剧痛。哪怕打出它身上所有的血来。你明白我的意思吗?我看得出,你很明白。去,把你的脸洗一洗,然后和我一起下楼去。"他说这番话时显得非常严厉。

我当时是害怕了。假如我不执行他的命令,他一定会绝无悔意地立刻把我打倒在地上。

我和他一起来到客厅,他对我母亲说:"亲爱的克拉拉,你以后再也不会感到不快活了。我想,这孩子的性子很快就会改变的。"

吃过晚饭以后,一辆马车来到了大门口。来者是摩德

延伸思考

【动作描写】摩德斯通先生沉下脸对辟果提说话的动作与神态,显示出人物的严厉与苛责。

延伸思考

【神态动作描写】辟果提对我投来的不安眼神与下楼时的缓缓动作,流露出人物为大卫担心的心情。

斯通先生的姐姐。

在客厅里，摩德斯通小姐问我母亲：

"他是你的儿子吗，弟妹？"

"是的。"

"一般说来，我不喜欢男孩子。你好，孩子？"摩德斯通小姐说。

我回答说，我很好，并且希望她也一样。

她冷淡的用四个字打发了我："缺少礼貌！"

第二天早晨，母亲下楼用早餐时，摩德斯通小姐对她说道：

"哎，克拉拉，我是来帮助你做好一切家务的。你缺乏经验。如果你肯把那些钥匙交给我，将来这一切都归我料理。"

就这样，我母亲就把原来自己掌管的钥匙，全部交给了她。

一天晚上，摩德斯通小姐跟她弟弟说明某种家务计划，她的弟弟毫不犹豫地同意了。我母亲却难过地突然哭了起来，她说她原以为什么事会和她商量一下的，她想自己在这个家庭以后将扮演怎样的角色呢？

"克拉拉！我不明白，你这是怎么啦？"摩德斯通先生严厉地说道。

"这是在我自己的家中。这样做，我觉得自己是很难堪的。"母亲抽泣着说。

"我自己的家？克拉拉！"摩德斯通先生重复我母亲的话说。

"我的意思是，我们自己的家。在这个家中，关于家务计划我却没有说一句话的权力。在我们没有结婚以前，我对家务管理得很好。"我母亲怯懦地说。

名词解释

【神态语言描写】摩德斯通小姐对我说话时的冷淡语气与神态，流露出她对我的反感之情。

延伸思考

【神态描写】母亲在回答摩德斯通小先生时流露出的怯懦神情，显示出她对摩德斯通先生和小姐的畏惧心理。

"爱德华！我明天就走。"摩德斯通小姐说道。

"珍·摩德斯通，请你不要说话！"她弟弟大声喝道。

"克拉拉，我和你结婚的时候，我曾经希望我能够给你一些你所需要的坚定和决断。但是，当我的姐姐这样好心地来尽力帮助我做到这一点时，我原以为你会感激她的。想不到你竟是这样的以怨报德。"

"不，求你，爱德华！"我母亲叫道，"我不是那种忘恩负义的人，亲爱的！"

摩德斯通先生说道："你刚才说的那些话，使我感到非常痛苦。我的心冷了，看来我对你的感情要发生变化了。"

【语言描写】
通过对摩德斯通先生的语言的描写，显示出人物严厉的神情和威胁的语气。

"不要这样说，亲爱的！"我母亲很可怜地哀求着说。

"我是感激姐姐的，求你让我们做朋友吧！我不能在冷淡或残酷下生活。珍，我不反对你做任何事。假如你要走，我一定会很伤心的……"我母亲悲哀地再也不能说下去了。

"珍·摩德斯通！"他对他的姐姐说道，"今晚发生这样不愉快的事，不是我的错，也不是你的错，我们是被别人拖累进去的。让我们两个忘记它——"在这一番慷慨的话后，他补充道。

"这情景不适宜让小孩子看到，大卫，去睡吧！"

我看到母亲那可怜的样子，心像刀子扎进去似的难受，我在黑暗中摸索着走进我的卧室，号啕大哭起来。辟果提悄悄地来到我的卧室，把我搂抱在她的怀中，不停地安慰着。我在她温暖的怀抱中哭着，不知不觉地睡着了……

【比喻手法】
通过比喻修辞手法的运用，显示出大卫对母亲遭受的屈辱状况的痛心之情。

从此以后，我们家的一切事情都由摩德斯通小姐掌管着。

在此之前，我母亲教我功课时，温和的教育方式使我对学习很感兴趣，学起来很容易。可是，自从母亲和摩德斯通先生结婚后，每当母亲教我功课时，他们姐弟俩总是坐在一旁监视着。学习那些严肃的功课，就成了一种可怕而又痛苦的事情。

一天上午，我跟着母亲在客厅里学习功课。摩德斯通姐弟俩又像往常那样坐在我们的身旁。我母亲让我背诵一篇课文。刚开始我背得很流利，后来背错了一个字。这时，摩德斯通先生瞪了我一眼，这使我往下再背诵时又背错了一个字；摩德斯通小姐也狠狠地斜视了我一眼，这使我又背错了六七个字，我的心特别紧张，再也不敢继续背诵下去了。我母亲很想提示我一下，但她却又不敢那样做。她只是轻声地对我说：

"噢，大卫呀，大卫！"

摩德斯通先生严厉地说："喂！克拉拉，对这个孩子要坚定。不要说'噢，大卫呀大卫'的，那太小孩子气了。他会背就是会背，不会背就是不会背。"

"他还没念会。"摩德斯通小姐恶狠狠地插上一句。

"恐怕他是还没有念会的。"我母亲说。

"那么，克拉拉，你就应该让他还去念。"摩德斯通小姐说。

"是的。我正想这样做的。"我母亲又对我说，"哎，大卫，再背一遍，这次可不要再糊涂了。"

我又重新背那篇课文。可是，还没等背到那个老地方的时候，我就背不下去了。摩德斯通先生做了一个不耐烦的动作，他的姐姐也做了同样的动作。我母亲动了动嘴唇，想提示我。

"克拉拉！"一直在监视着我母亲的摩德斯通小姐大声喊。

延伸思考

【对比描写】通过对比描写我以前和现在的学习环境和状态，衬托出摩德斯通先生他们对我的苛责要求和巨大压力。

延伸思考

【语言与神态描写】摩德斯通小姐严厉的语言和恶狠狠的神态，刻画出人物一幅凶狠的面孔。

我母亲被这突然的叫喊声吓了一跳，脸也变色了，但她没敢说一句话。摩德斯通先生从他的椅子上站了起来，拿起书来砸在我的身上，接着又捡起那本书，用书来打我的耳光，然后又提着我的双肩把我推出了门外。

我就是这样一天一天地学习着。即使在我学得很好的时候，摩德斯通先生和他的姐姐也仍然不让我休息一会儿。这种日子大约过了半年的时间，我整天心情郁闷，沉默寡言。偶尔的一天，在我卧室隔壁的一间小房子里意外地发现了父亲留下来的《鲁滨孙漂流记》《威克菲牧师传》《天方夜谭》《神仙故事》和一些其他的书籍。从此，阅读这些书籍便成了我生活中的唯一乐趣。

一天早晨，我拿着课本走进客厅，只见摩德斯通先生手里拿着一根像手杖一样的木棍子。

"我告诉你，克拉拉，我过去就曾常常受到父母的打骂。"摩德斯通先生对我母亲说道。

"是的，真的是这样。"摩德斯通小姐附和着说。

我母亲紧张而怯懦地说："亲爱的珍！动辄就打，你觉得那样对孩子有好处吗？"

"那么，你觉得那样会有什么坏处吗，克拉拉？"摩德斯通先生沉下脸严厉地说。然后，他又转向我说："喂，大卫，你今天应当比平时格外小心。"说完，他瞪了我一眼，并把棍子狠劲地在空中挥舞了一下。

本来我已经把那些课文背得滚瓜烂熟了，可是，看到这种场面，我完全失去了镇静，原来记住的东西全都溜走了。一开始我背得不好，而且越往下背越糟糕。母亲为我着急得哭了起来。

"克拉拉！"摩德斯通小姐向我母亲发出了警告。

"我今天觉得身体有点不太舒服。"我母亲怯怯地说。

名词解释

【动作描写】摩德斯通先生一系列的动作描写，显示出他的凶残与暴力，也衬托出大卫遭受的严酷虐待。

延伸思考

【语言与动作描写】通过描写摩德斯通先生的语言与动作，流露出人物的严厉与警告。

我看见摩德斯通先生阴沉着脸给他姐姐使眼色，拿着那根棍子站了起来，说道：

"喂，珍，我们很难指望克拉拉了，克拉拉是比原来坚强了，是进步了，可咱们不能对她期望太高啊。大卫，你现在跟我上楼去。"

当他把我拉到门口时，我母亲向我跑了过来。摩德斯通小姐她拦住了我母亲。当我们上楼时，我母亲大声哭了起来。

"啊！求您不要打我，本来我是想好好学习的，但是当您和摩德斯通小姐在场的时候，我就学不好了。真的！"

"你学不好，真的吗，大卫？那咱们就试试看吧！"摩德斯通先生一副很凶的样子。

他把我的头夹在腋下，我连声哀求他不要打我，可他用一只手捂住我的嘴，一只手举起棍子狠狠地打在我身上。我不堪忍受，在他手上咬了一口。这使他更加恼怒了，他狠劲地接连打我，我拼命地呼喊着，我母亲和辟果提一边哭着一边跑上楼来。然而，他却把门从外面反锁上走了。

当我安静下来时，从镜子里看到我的脸又红又肿，不禁大吃一惊。我伤心地又哭了起来。天黑下来时，摩德斯通小姐拿着一点儿面包和牛奶放在桌子上。她一句话也没说，只是恶狠狠地瞪了我一眼后走出去把门又锁上了。

就这样我在卧室里被监禁了五天。

最后一天的夜里，我听到有人在不断地轻声喊着我的名字。

"是你吗，亲爱的辟果提？"

"是我，亲爱的大卫。小声点，要像老鼠一样轻，啊，否则猫会听到的。"她回答说。

"亲爱的辟果提，我妈妈好吗，她很生我的气吗？"

我听到辟果提在轻声地哭。"不，不很生气。"辟果提说道。

"他们要把我怎么办，亲爱的辟果提，你知道吗？"

"送进学校，在伦敦附近。"辟果提回答。

"什么时候？"

"明天。"

"我能看到妈妈吗？"

辟果提说："能，明天早晨。亲爱的大卫，这几天我没有来看你，并不是因为我不爱你。我来看你，他们知道了会不高兴，只能给你和你的母亲增添更多的麻烦。亲爱的大卫，我要像过去一样地照顾你母亲。以后我会写信给你的，亲爱的。"

"谢谢你，亲爱的辟果提！"我说，"你能不能写信告诉辟果提大伯和爱弥丽他们，说我并不像别人说的那么坏，我会把我所有的爱心寄给他们——特别是给爱弥丽。你愿意这样做吗？"

辟果提答应了我的要求。

第二天早晨，摩德斯通小姐告诉我将要被送往学校。我在早餐桌边看到了我母亲，她脸色苍白，两眼发红，我痛苦着一下子就扑到了她的怀里。

母亲颤颤巍巍地说："哦，大卫！你以后千万要努力，去做个好孩子。"

我竭力想吃下这顿离别的早餐，为的是不让母亲伤心，可是，我的眼泪却滚落在涂着奶油的面包上和盛牛奶的杯子里。

我熟悉的马车夫把马车赶到了大门口，辟果提把我的箱子装上了马车。

延伸思考
【对话描写】通过大卫与辟果提之间的对话描写，交代说明了大卫即将面临被送往远离家的寄宿学校的命运。

延伸思考
【神态描写】通过描写妈妈苍白的脸色与红肿的双眼，流露出妈妈伤心憔悴的精神状态。

"克拉拉！"摩德斯通小姐用警告的口气说道。

"我知道，亲爱的珍。"我母亲回答。

"再见吧，大卫。让你到学校去，是为了你好。再见吧，我的孩子。放假的时候再回来，我希望那时候你就是一个好孩子了。"母亲就这样叮嘱我。

"克拉拉！"摩德斯通小姐又叫了一声。

"我知道了，亲爱的珍。"

我母亲拉着我的手，心情沉重地说："我的孩子，亲爱的孩子，愿上帝保佑你！"

摩德斯通小姐把我带到马车前。我爬上了马车。马拖着马车上路了。

名|家|点|评

再婚后的母亲在新家庭中丧失了应有的权利，处于从属地位，变得怯懦忧郁。强势和暴力的摩德斯通先生和小姐让大卫饱受皮肉之苦，最后被送到远离家的寄宿学校接受管教。

拓展训练

1. 摩德斯通先生为何要斥责辟果提？

2. 大卫第二次没能背诵课本后遭受了怎样的处罚？

3. 解除监禁后的大卫被摩德斯通他们安排送往何处管教？

三、我的学校生活

名家导读

可怜的大卫被继父送到伦敦附近的寄宿制学校接受管教，大卫在寄宿制学校将会遇到和经历怎样的悲惨境地呢？

走了大约有半里路，我的小手绢就已经完全被泪水湿透了。这时，马车突然停了下来，我惊喜地看见辟果提从路边的树丛里冲了过来，迅速爬上了马车。她一把将我搂在怀里，从她的衣兜里掏出几纸袋子点心，塞进了我的衣兜，并把一个钱包放在我的手里。然后，她就下车跑开了。

马车又继续往前走去。走了一段很远的路，我才停止了哭泣。我打开钱包，里面装着七枚光亮亮的子儿。我又想起了母亲和辟果提，就又哭了起来。过了一会儿，我不再哭了。我问车夫，我们是不是一直到那个地方。

"我只到雅茅斯，你可以在那里搭长途马车去伦敦"。

我给了他一块点心，他一口就吞下去了。

"这点心是她做的吗？"巴吉斯先生问道。

"你说的是辟果提吗，先生？"

"啊，是啊！"巴吉斯先生回答说。

延伸思考

【动作描写】通过对辟果提一系列的动作描写，流露出她对可怜的大卫的爱恋疼爱之情。

"是她做的。我们家的饭和点心都是她做的。"

过了一会儿，他问道：

"我想现在她没有丈夫吧？"

"是的。她还没有结婚。"

巴吉斯先生又不说话了。

"你刚才说，你们家的点心和各种饭菜都是她做的。是吧？"巴吉斯先生停了好半天，又开始说话了。

我回答，说是这么回事。

"我告诉你，"巴吉斯先生说。"大概你要给她写信吧？"

"我当然要给她写信的。"我回答说。

"噢。喂！假如你给她写信，千万别忘了说巴吉斯很愿意。可以吗？"他慢慢地把目光移向了我说。

"巴吉斯很愿意。就这一句话吗？"我问。

"是的。巴吉斯很愿意。"

"不过，你明天就回到布兰德斯通了，巴吉斯先生，你当面跟她说，这样不是更好吗？"我支支吾吾地说道。

他摇着头，郑重其事地对我说道：

"巴吉斯很愿意，就是这么一句话。千万记住写上。"

马车到了雅茅斯以后，巴吉斯先生就走了。我想我应该答应他，便立即给辟果题写了一封信。信中写道：

亲爱的辟果题：

我已平安到达雅茅斯。巴吉斯很愿意。

请代我问候我的母亲。

你的大卫

附言：他说，他特别让你知道——巴吉斯很愿意。

我在雅茅斯坐上了一辆长途马车，经过一整夜的颠

名词解释

【对话描写】通过马车夫巴吉斯与大卫之间的对话描写，为下文中巴吉斯对辟果提的爱恋与追求做了铺垫。

延伸思考

【动作描写】马车夫巴吉斯的动作与郑重其事的神态，流露出人物内心对辟果提表白行为的担心与犹豫。

簸，终于到达了伦敦。在车站，有一位教师——麦尔先生接待了我。半路上，我对麦尔先生说，我已经一整夜没吃东西了，是否能让我停下来买点东西吃。麦尔先生告诉我，他正好准备到附近去看望一位老大妈，我可以在她那里吃点早饭。

我们走了不多远，来到一所贫民救济院的大门口。麦尔先生领着我走进一间低矮潮湿的小房子。一位老妇人抬头见到走在前面的麦尔先生，麦尔先生跟那位老妇人说我还没有吃早餐。于是，那位老妇人就给我做了一顿可口的早餐。

等我吃罢，麦尔先生向老妇人告辞，领着我向学校走去。走在路上，麦尔先生一直没有给我说明他和那位老妇人之间的关系。但是，我推测出她一定是麦尔先生的母亲。

我跟随着麦尔先生来到了萨伦寄宿学校。一位装着一条木头腿的人，为我们打开了大门。

"这就是那位新生。"麦尔先生对那个人说。

这所萨伦寄宿学校是由一幢旧楼房和一个运动场组成的。它的四周是高高的围墙。我奇怪的是，为什么没有看到一位学生？麦尔先生告诉我，现在正是假期，学生们都回家度假去了。

我被带进一间教室里去，地板上肮脏得很，墙壁上洒的都是墨水，几只老鼠在充满怪臭味的房子里窜来窜去。

麦尔先生听到装有木头腿的人叫他，就走出了教室。我走到一张课桌前，突然发现课桌上放着一块硬纸板，上面写着："当心他！他咬人！"我立刻爬上课桌，疑心课桌下面有一条大狗。我慌张的到处看，却怎么也看不见它。麦尔先生回来了，他问我在桌子上干什么。

"请原谅，先生。真对不起！我在找那条狗呢。"

"狗？"他说道。"什么狗？"

我指着那块纸板对麦尔先生说："那条会咬人的狗啊。"

麦尔先生严肃地说："不，科波菲尔同学。那是一个学生，是人家给我的指示，科波菲尔，要我把那个牌子挂在你的脊背上。一开始就对你这样，我感到很难过，可我非得这样做不可。"

他一边说着，一边扶我下了课桌，把那个牌子像背囊似的捆在了我的背上。

任何人都难以想象，为了那块牌子我曾受的那份罪。因为不管我的脊背朝向哪儿，总觉得背后有人。我知道背着这牌子就是另类。如果开了学同学们都回来上课了，那我该有多么的难堪啊⋯⋯

麦尔先生不和我多说话，但也从不苛待我。他每天都让我做很多的功课，到了吃饭的时候，一起到空荡荡的大餐厅里去用餐。晚上，我一个人睡在一间冷冷清清的寝室里。我感到十分的孤单和恐惧，常被噩梦惊醒。

大概过了一个月，那个装着木头腿的人开始打扫校园里的卫生了。麦尔先生告诉我，学校马上就要开学了，度假的克里古尔校长，晚上就要回来了。睡觉前，装着木头腿的人带我去见克里古尔校长。我一路颤抖着来到克里古尔校长的家。克里古尔校长是一个大胖子，他此刻正坐在客厅里的一把扶手椅上，他的太太和女儿也在客厅里。

克里古尔校长说道："哦！这就是那个应该敲掉牙齿的年轻先生吧！过来，站近点儿！"他说着给我打了个手势。

我抖抖索索地走到了他的面前。

克里古尔校长一把揪住我的耳朵，低声说："我认识你

【心理描写】大卫对背后的这个牌子带来的忐忑羞愧心理描写显示他内心遭受的屈辱与痛苦。

【动作描写】大卫颤抖的动作描写，流露出人物内心对未知的校长的恐惧心理。

的继父，他可是个好样的，性格非常的坚强。他了解我，我也了解他。你了解我吗，嘿？"

"还不了解，校长。"我疼得咬着牙。

"还不了解？嘿？"克里古尔校长重复道。

"用不了多久，你就会了解的。嘿！"他咬着牙说。

我吓得魂不附体。只说如果他高兴，我愿意很快了解。我觉得我的耳朵被他掐得直冒火。

"我要让你知道我是一个什么样的人。我说做什么事，就非得做不可！"他总算松开了我的耳朵，但他的手与我的耳朵告别之前先拧了一个花，拧得我泪水盈眶。

最后他又严厉警告说："我说要怎么做，就得怎么做。你可以走啦！"

"校长，我求求你——"

克里古尔校长低声说道，"啊！你要干什么？"他凶狠地瞪着眼看我。

"校长，我求求你，是不是可以允许我在同学们回来以前，摘掉身上的这个牌子？"我结结巴巴地说道。

克里古尔校长恼怒了，猛地从椅子上跳了起来，我吓得拔腿就跑。我一口气跑回寝室，发现没有人追赶我，才大着胆子去上床睡觉。我躺在床上，一直哆嗦了两个钟头。

第二天，另一位教师沙普先生回到了学校。

第一个回到学校里的学生是汤马斯·特拉德尔，他对我表示出很友好的态度。同学们都陆续地回到了学校。但是，在詹·斯提福兹还没回到学校之前，我还不能算正式入校。我见到他时，是在运动场的一个棚子下。

"你带了多少钱来，科波菲尔？"他这样问我。

我告诉他，我带来了七个。

名词解释
【动作描写】克里古尔校长对大卫进行的暴力拧耳朵，尤其是拧了一个花，凸显出校长的凶狠与暴力。

延伸思考
【动作描写】通过对大卫一系列动作的描写，显示出人物内心极度的恐惧。

"你最好把钱交给我，我来替你保管。你要是愿意的话，可以交给我。要是你不愿意，就不必交给我。"詹·斯提福兹说。

我急忙打开辟果提给我的钱包，把七钱币一股脑儿全都倒在了他手里。

"现在你想买些什么吗？"他问我。

"谢谢你，现在我不想买什么。"我回答。

"要知道，你什么时候想花钱，只要吭个气就可以了。"斯提福兹说道。

"我不想花，谢谢，老兄！"我把前面的话重复了一遍。

"也许你过一会儿愿意花，买一瓶葡萄酒放在寝室里？我发现咱们两个是住在一个寝室里呢。"

我根本没想过买酒的事，不过，我还是告诉他："是的，我愿意。"

"我猜你肯定愿意再买一些杏仁糕、饼干、水果什么的。今晚办一个宴会怎么样，就在咱们的寝室里？"斯提福兹又说。

斯提福兹看着我笑，我也跟着笑，其实我不乐意。

"那——我愿意。"虽然我有点儿担心那七个钱会花得分文不剩，但我还是这样对他说了。

"好吧！咱们要尽力用这些钱多买点东西，这才是最重要的。我一定尽力帮助你。我可以随便进出校门，把吃的东西偷偷地带进来。"斯提福兹把钱装进自己的衣袋，得意地告诉我，"别担心，我会小心的。这钱出不了问题。"

到了晚上睡觉的时候，斯提福兹已经把食品摆在了我的床上。得意地对我说：

延伸思考
【动作描写】大卫急忙掏钱的动作描写，显示出大卫对面前的这位斯提福兹同学的畏惧与屈服。

名词解释
【心理与语言描写】通过描写大卫的内心活动与口是心非的语言，显示出大卫对斯提福兹同学的畏惧与屈服。

"你瞧，科波菲尔，东西都买回来了。简直胜过皇家宴席！"

我请寝室里的同学们一起吃，于是同学们都围着我的床坐了下来。大家一边开心地吃着喝着，一边悄悄议论着学校里的一些事情。我从同学们的交谈中知道了关于这个学校的一些情况：克里古尔先生原来是小商贩，破产后，用他太太的钱办起了这所学校。他什么也不懂，但他打学生打得很厉害。他敢打任何学生，但他却不敢打斯提福兹。沙普先生和麦尔先生的工薪都很低；沙普先生有点怕克里古尔先生；麦尔先生不是一个坏人，但是他穷得身边连半个钱币也没有。还有很多。

大家就这样把东西吃个精光，才回到床上去睡觉。

"晚安，科波菲尔！我一定会好好照顾你的。"斯提福兹握住我的手说。

"你太好了。我先谢谢你啦！"我感激地对他说道。

"你没有姐妹兄弟什么的吧？"他打着哈欠问我。

"没有。"我回答道。

斯提福兹又说："很可惜。假如你有个姐姐或妹妹的话，我相信一定是个非常漂亮的、害羞的、大眼睛十分明亮的小姑娘。我一定喜欢认识她。晚安，科波菲尔！"

"晚安，老兄！"我回答道。

我上了床还在想着他，可我怎么也不曾想到，在学校的日子里，他会给我的亲友们的生活蒙上一层沉重的阴影。

第二天，学校正式开学了。当克里古尔先生出现在同学们面前时，原本乱哄哄的教室突然变得死一般寂静。

克里古尔先生拿着一根手杖走到我的身边。他对我说，假如你以咬人著名，那他比以咬人更为著名。他用手

延伸思考
【交代说明】
通过对克里古尔校长生活经历的交代说明，交代了校长暴力凶残的性格，这也为大卫今后遭受他的虐待做了铺垫。

延伸思考
【交代说明】
通过此处对斯提福兹的交代说明，为下文中他抢走海穆心上人爱弥丽的事情做了铺垫。

名词解释

【动作描写】
大卫遭受校长毒打时动作的描写，显示出校长的凶狠与大卫的痛苦。

延伸思考

乐观的性格与仗义正直的人品，为今后他成为一个优秀的律师做了铺垫。

杖抽我，每下都抽进肉里，疼得我不停地扭动着身体。这样，我疼痛难忍，不一会儿我就哭了起来。

克里古尔先生似乎把打学生看做是他最好的职业和特别的乐趣。除了斯提福兹外，每一个学生都曾挨过他的打。以至于同学们每天都提心吊胆地不能安下心来好好地学习。

特拉德尔是所有学生中最乐观，也是最可怜的孩子。他为人行侠仗义，备受同学尊敬。为此他吃了不少的苦头。在我的记忆里，那个学期他每天都要挨克里古尔先生的手杖。我和特拉德尔成了要好的朋友，每当我或是他挨打之后，我们都要在一起互相安慰。

我和斯提福兹之间建立了一种比较友好的关系，虽然他比我大了六岁。在我挨过打之后，他都要用好话来鼓励我。当他知道我曾看过很多故事书以后，让我给他讲故事。他有时候也辅导我做一些我感到很吃力的功课，算是对我的报答。我除了经常挨克里古尔先生的打之外，从未受过他人的欺侮。因为凡是斯提福兹照顾的人，谁也不敢欺侮。

在这所完全用残酷手段管理的学校里，学生们天天受到体罚和责骂，不能好好学习。然而，我却是全体学生中的一个例外。我反而更加发奋努力地去学习。这样，虽然我的年龄是最小的，但成绩却是最好的。在学习方面，麦尔先生给了很大帮助，至今仍特别地感激。

麦尔先生很喜欢我，我也很感激尊重他。可是，斯提福兹却跟麦尔先生过不去，总是嘲笑侮辱他。每当看到斯提福兹诽谤他，我特别地为此难过。

不久，使我终生难忘的一天来到了。

那天是星期六，校长因身体不适没有到学校里来，下午是假日，本来是不上课的，由于天下起了小雨，我们不能到运动场去做户外活动，只好在教室里复习功课。

沙普先生有事外出了，管理我们的任务就落在了麦尔先生一个人身上。

同学们围着性格温和的麦尔先生疯狂地吵闹着。麦尔先生坐在那里，故作镇静地用一只手支着快要胀裂开的脑袋看着桌子上面的课本。

"别吵啦！"麦尔先生突然站起来，把手里的书本拍一下桌子说道。

"你们这是什么意思？真叫人无法忍受。简直叫人发狂了！孩子们，你们怎么这样对待我？"他十分和善，显得无奈。

教室里顿时安静下来，只有斯提福兹一个人还站在那里，显出一副满不在乎的样子。

"不要再吵了，斯提福兹！请你坐下。"麦尔先生说道。

"你自己才不要吵呢！"斯提福兹说，"你是在对谁说话？"

"就坐下吧。"麦尔先生说道。

"你自己坐下吧。"斯提福兹说，"管你自己的事去吧！"

同学们的笑声和叫好声又此起彼伏地响起来。麦尔先生气得脸色变白了。

"斯提福兹，我知道你在同学们中的影响和势力，也知道刚才是你教唆同学们使用各种方法来侮辱我。你凭着在这儿得宠的地位，来侮辱一个上流人！"麦尔先生嘴唇颤抖着说。

延伸思考
【神态描写】
通过描写斯提福兹满不在乎的神态，显示出他捣蛋叛逆的行为与表现。

名词解释
【神态描写】
麦尔先生苍白的脸色描写，流露出他内心极度的生气与恼怒。

斯提福兹目中无人地说，"侮辱一个什么？上流人？你不是一个上流人。你是一个叫花子！"

这时，克里古尔校长闻讯走进了教室。

"这是怎么一回事儿？"克里古尔先生问道。

"他说我得宠，这是什么意思？"斯提福兹说道。

"我的意思是任何一个学生都不能利用他得宠的地位来侮辱我。"

斯提福兹蔑视地说："我喊他叫花子，校长。他是个叫花子，并且是叫花子的儿子。他的母亲就住在一家贫民救济院里靠施舍过日子。"

麦尔先生注视着我，把手放在我的肩膀上轻轻地拍了拍。

克里古尔校长说："嘿，麦尔先生，可不可以当着大家的面说个明白？斯提福兹说的话是真的还是假的？"

麦尔先生只好说："他说的是真的。"

"我想，你错把这里当成了叫花子学校。我的这学校不能有叫花子作老师。对不起，麦尔先生，请你离开这个学校吧。越快越好！"克里古尔校长说道。

麦尔先生站起来，环视了一下整个教室，并又轻轻地拍了拍我的肩膀。

"斯提福兹，我相信总有一天，你会认识到，你今天的行为是可耻的！"麦尔先生说完，愤然拿起他的课本和笛子，大步走出了教室。

我望着麦尔先生离去的背景，心里内疚和难过极了。

克里古尔校长表扬了斯提福兹一番，也离开了教室。

特拉德尔擦着眼泪愤怒地说："斯提福兹，你侮辱了麦尔先生，你使他失业了！"

延伸思考
【语言描写】
通过描写斯提福兹的语言，显示出他对麦尔先生家庭贫穷情况的嘲笑与侮辱。

延伸思考
【动作描写】
麦尔先生注视和轻拍我肩膀的动作，流露出麦尔先生对大卫泄露他家庭情况的失望与暗责。

但是，大多数同学却称赞斯提福兹是一位了不起的人物。

一天下午，装着木头腿的人告诉我有人来找我。我来到了学校的大门口，惊喜地看到了辟果提大伯和海穆。我高兴地就要跳起来。

"大卫少爷，你长高了许多。"辟果提大伯看着我高兴地说道。

"我母亲和辟果提好吗？爱弥丽和古米治太太都好吗？"我关切地问。

辟果提大伯回答："都好，都很好。"

我把他们领到了我们的寝室里。他们从一条袋子里掏出一些已经煮熟了的龙虾、小虾和螃蟹。

"大卫少爷，你跟我们在一块儿住的那些日子里，我看到你喜欢吃这些东西，不怕你见笑，我们就给你带来了一些。"辟果提大伯一边往外掏那些东西，一边对我说。这时，斯提福兹走了进来。

"你应该认识一下我的朋友们，他们是雅茅斯的两位船民。"我对斯提福兹说。

"你们好！能够认识你们，我感到非常的高兴！"斯提福兹热情地说道。

"辟果提大伯，我在适当的时候，可以带斯提福兹去看看你们的房子吗？"我说道。

"斯提福兹，那是用一只船改造成的房子！美丽极了。"

"我们的房子没有什么好看的，不过，你们两个肯赏光去雅茅斯，我将感到十分的高兴！"辟果提大伯说道。

我陪着辟果提大伯和海穆餐厅里吃过晚餐后，依依不

名词解释

【神态描写】通过描写大卫见到辟果提大伯和海穆时激动的神态，流露出人物内心的喜悦与兴奋。

延伸思考

【语言描写】辟果提大伯朴实的语言，流露出他朴实善良、热情好客以及对大卫的疼爱。

舍地把他们送出了学校。

　　放假的日子终于来到了。我怀着要尽快见到母亲和辟果提的心情，坐上了驶往雅茅斯的长途四轮马车。

名|家|点|评

　　大卫在寄宿制学校遭受到了校长的屡次抽打，同时还要恭维和屈服于学渣校霸斯提福兹。幸亏辟果提大伯他们的探望给大卫枯燥悲惨的生活带来了一丝安慰。

拓展训练

1. 在去学校的路上，马车夫巴吉斯先生拜托了大卫一件什么事情？

2. 大卫在教室课桌上发现的狗咬的留言是怎么回事？

3. 遭受开除的麦尔先生为何要注视和轻拍大卫？

四、我的假期

名家导读

　　好不容易盼到假期的大卫，在妈妈和辟果提的迎接下回到了家，摩德斯通先生和小姐他们会改变对大卫的看法而善待他吗？

　　到达雅茅斯后，便立即乘上了巴吉斯先生的马车。那匹懒马拖着我们向布兰德斯通走去。

　　我坐在他的身旁说："巴吉斯先生，看上去你很健康。我完成了你的托付，已经跟辟果提写了信，传达了你的话。"

　　辟果提笑着说道："哦，那个该死的！他竟然妄想跟我结婚！"

　　"他和你倒是挺好的一对儿呢，"我母亲说，"不是吗？"

　　"哦，这我可不知道哇！不过，就算他是一个金人，我也不会嫁给他。我谁都不嫁。"辟果提说。

　　我母亲说："那么，你为什么不这样告诉他？你这个可笑的家伙！"

　　"就对他这么说？"辟果提看着我说，"他没敢当着我的面提过这件事儿，这还算他知道好歹。他要是胆敢再提

延伸思考

【对话描写】
通过妈妈与辟果提之间的对话描写，表达出辟果提对来自巴吉斯先生追求的否定态度。

一个字，你看我敢不敢打他几个耳光！"

我发现辟果提的脸这时比原来更红了，她笑了好大一会儿，才接着吃起饭来。

"辟果提，亲爱的，你暂时还不会结婚吧？"我母亲亲热地拉着她的老女仆的手问道。

"永远不会的！"辟果提大声地说。

"不要离开我，辟果提。留下来陪着我吧！也许你留在这儿的时间不会太长。没有你，我可怎么办哪！"

"我不会离开你的！当然不会。我要留在这里陪伴着你，一直到我变成一个对谁也没有用的老太婆为止！"

我给她们讲学校里的一些人和事，特别讲到了特拉德尔和斯提福兹两位好朋友。她俩很认真地听着，一会儿替我难过，一会儿替我高兴。

辟果提突然对我母亲说道，"贝西·特洛乌德小姐，就是大卫的姨婆，现在不知怎么样了？"

"你真荒唐，辟果提。你怎么会突然想起这个人呢？你不是不知道，就因为大卫生下来是个男孩，才把她给得罪了。好了，别再提她了！一提起她，我就心烦！"

"我想，到了这阵子，她也许会回心转意了！"辟果提仍然说道，"不会再跟孩子计较了。"

"为什么她这阵子会回心转意啊？"我母亲厉声问道。

"我是说，大卫现在已经有了个弟弟呀。"

我母亲一听这话，立刻声泪俱下地和辟果提吵了起来。不过，她们马上又和好如初了。

差不多快到十点钟的时候，摩德斯通姐弟俩回来了。

我硬着头皮对摩德斯通先生说道："先生！我请您原谅我，我很后悔，不该做那种事。请您宽恕我吧！"

"大卫，我听到你说后悔，倒也高兴。"摩德斯通先生

37

不冷不热地说着，伸出了我咬过他的那只手。那上面还有着一块红色疤印。

接着，我又向摩德斯通小姐问好。

她问我，"你放多少天假？"

"一个月，小姐。"我答道。

"哦。"摩德斯通小姐说，"那么，已经除去一天了。"

她就这样在日历上数着我假期的日子。

那是一个非常不愉快的假期。摩德斯通姐弟俩总是用那种阴沉的眼光看我。当他们在屋子里的时候，我母亲总是提心吊胆，恐怕我说出或做出使摩德斯通姐弟俩不高兴的话或事情来。因此，平时我尽量避开他们。

一天晚上，当我要离开客厅时，摩德斯通先生对我说道："听我说，大卫！你自己要想法子把这个坏脾气改了才行。我们也得想法让你非改不行！"

"请你原谅，先生！从我回来的第一天起，我就没打算执拗呀。"

"大卫，不要用谎话来掩饰自己了！"他说这话时的态度凶猛之极。"就因为你脾气执拗，你才躲进自己的屋子里去。我现在告诉你，我要你待在这儿，不许待在那儿！"

摩德斯通小姐嗓子眼里格地笑了一声。我母亲则吓得不敢说一句话。

"还有一件事。我告诉你，我不许你再跟仆人们打交道。你要是不老老实实照我的话去做，那将会是什么后果，我想你是很清楚的！"

于是我只能是百无聊赖地呆坐在客厅里，一日复一日。

一天早晨，摩德斯通小姐高兴地说："今天总算划掉最后一天了！"

巴吉斯先生的马车来到了大门前。当我母亲俯身和我

延伸思考

【语言描写】摩德斯通先生对大卫斥责性的语言描写，显示出他对大卫的严厉凶狠态度。

名词解释

【语言描写】摩德斯通小姐的语言描写，流露出她对大卫的厌烦之情。

告别的时候，摩德斯通小姐又一次警告我母亲说："克拉拉！不许如此！"

我吻了吻母亲和我的小弟弟，那一时刻我心里难过极了。

我上了马车。忽然听到我母亲在呼唤我，我向车外望去，只见我母亲顶着寒风，一个人站在大门前，眼睛热切地望着我，双手把小弟弟高高地举起来让我看。

这是我最后一次看到我母亲活在人世上。

【场景描写】通过描写妈妈送别我时的情景，流露出妈妈对我深深的疼爱却受到压抑管制的无奈与忧伤。

名|家|点|评

　　回家过假期的大卫依然没能得到摩德斯通先生他们的好感和善待，相反，在摩德斯通先生的严厉管教和约束下度过了一个压抑无聊的假期。

1. 辟果提对来自巴吉斯先生的求爱持什么态度？

2. 摩德斯通小姐数日历的行为流露出她怎样的想法？

3. 摩德斯通先生为何要反对大卫躲进房间？

五、我成为一个**孤儿**

名家导读

重新回到寄宿学校的大卫，在数月之后的生日那天，传来了一个惊天噩耗，会是什么不幸的事情呢？

从我回到萨伦寄宿学校直到三月间我过生日的那天，学校生活一切照常。但是，在我过生日那天发生的事情，却令我记忆犹新。

那天的天气特别寒冷。吃过早餐，等待着老师前来上课。这时，沙普先生走进来告诉我，让我到克里古尔校长家里去一趟。

我来到克里古尔校长的家。克里古尔太太手里拿着已经拆开了的一封信，她让我坐在她的身旁。

"大卫·科波菲尔，"克里古尔太太慈祥地对我说，"我特意把你叫来，是想和你好好谈谈。我的孩子，我有一件事要告诉你。"

"假期结束你离开家的时候，你家里人都好吗？"说到这里，她停了一会儿，又接着往下说道，"那时候，你妈妈身体好吗？"

"说来让人难过，我得告诉你，今天早晨我听说你妈妈病得很厉害。"

延伸思考
【语言描写】
克里古尔太太对大卫的问话内容描写，预示着妈妈发生了什么不幸的事情。

她又说了一句："她的病很危险。"

这时候我全明白了。

"她死了。"

她完全没有必要把这句话告诉我。因为我早已感到孤独无依，而失声痛哭了，我早已感到我已经成了一个孤儿。

克里古尔太太对我很慈爱，她留我在她家里待了一整天。我哭累了就睡，睡醒了又哭。

第二天下午，我离开了学校。

在雅茅斯换乘马车时，我没有找到巴吉斯先生。于是，我就匆匆忙忙地爬上了另外一辆驶往布兰德斯通的马车。

我还没走到住宅门口，就倒在了辟果提的怀里。她扶我进了屋子后，也忍不住大放悲声。摩德斯通先生坐在客厅里，他没理睬我，坐在火炉前的扶手椅上默默地流泪。摩德斯通小姐坐在她的写字台前正挥笔疾书，见我走进去，她用严厉的语调低声问我，是否把我在学校里的衣物都带回来了。我告诉她，全部都带回来了。随后，她便对我不再有任何兴趣。屋子里死一般的寂静。

辟果提把我带到楼上安放我母亲遗体的房间。那里还有我小弟弟的遗体，小弟弟是在我母亲去世一天后死去的。

"我妈妈怎么这么快就死去了呢，辟果提？"我抽泣着问道。

"你妈妈已经病了好长一段时间了，生下孩子后身体更虚弱了。我觉得近来她变得更加胆怯、更加恐惧了。楼下那姐弟俩时常数落她，令她难堪。她睡觉的时候我总是坐在她的身边，她说只有这样她才能够睡得着。"

辟果提擦了擦眼泪，轻轻拍了下我的手接着说，"在那最后一夜，她吻了我，跟我要水喝。

喝过水以后，她对我微微一笑，对我说，'辟果提，亲爱的，把你的胳膊放在我的脖子下面'，我照她的要求做了，她把她的头放在了她那个笨拙的老辟果提的胳膊上，像天真的小孩子一般睡着了。她永远地睡着了。"

母亲的葬礼结束后，摩德斯通小姐告诉辟果提，她不再需要她了。辟果提决定先到雅茅斯她哥哥家去住。

摩德斯通姐弟俩比以前更讨厌我了。有一次，我问摩德斯通小姐我什么时候能回学校去，她认为我回不了学校了。

辟果提一直对我放心不下。她在临走的那天晚上对我说："亲爱的大卫，我想，他们既然这阵子不高兴让你在这儿，说不定会让你跟我一块儿去住几天呢。"

当辟果提以惊人的勇气向摩德斯通小姐提出让我跟她一块儿去住几天时，摩德斯通小姐高兴地说道："依我看，还是叫他跟你去的好！"

第二天早晨，巴吉斯先生赶着马车来到了大门口，辟果提和我爬上了马车。当马车开始启动的时候，她禁不住哭了起来。

我们走过了一段路程后，辟果提止住了哭泣。我看见巴吉斯先生的脸上也露出了笑容。

"你这会儿感觉舒服点了吗？"巴吉斯先生用关切的眼神看着辟果提说道。

辟果提笑了起来，说舒服点了。

"你呢，大卫少爷，你也舒服点了吗？"

"是的，巴吉斯先生。谢谢你！"我回答说。

一路上，巴吉斯先生很兴奋，沉默寡言的他这时的话却突然多了起来。他说的话，使我和辟果提感到很开心。

马车到达了雅茅斯，辟果提大伯和海穆在那里迎接

延伸思考

【语言描写】
通过形容妈妈去世时的状态，表达了人物得以解脱时的宁静与安详。

名词解释

【语言描写】
对巴吉斯先生的语言描写，显示出人物对辟果提的关切与爱恋。

我们。

我发现船屋里的一切似乎没有什么变化。只是爱弥丽显得多少与过去有点不相同了，她长高了，也更漂亮了，和一年多以前相比她完全像一个小大人了。辟果提大伯和海穆很为爱弥丽的美丽和聪慧而自豪。

吃过晚餐后，他们听我讲述萨伦寄宿学校里所发生的故事。当我夸赞斯提福兹是如何英俊、聪明时，突然发现爱弥丽听得竟是那样的入神。当她发现我们大家都在看着她时，她羞答答地低下了头，脸涨得通红，很快地站起来跑到房间里去了。

辟果提笑着对我说："爱弥丽也跟我一样很想见见你的那位好朋友斯提福兹先生呢。"

我在那里做客的日子里，巴吉斯先生几乎每天晚上都要到辟果提大伯家里来，并给辟果提带来一些礼物。当辟果提跟他一块儿出去散步回来时，她总是忍不住笑了又笑。

一天晚上，辟果提对我说道："大卫，我的孩子，要是我想结婚，你会怎么想？"

"你同意我和巴吉斯先生结婚吗，我的宝贝？"她继续说道，"现在看来，他是一个很不错的老实人。"

"当然同意了，那可是再好不过的事情了。这样，你就可以经常坐着马车来看我了，而且也用不着花车钱，方便得很呢！"

"哦，我的孩子真懂事！"辟果提叫道。"这正是我这一个多月来心里老想着的一个大问题。你说得不错，我的宝贝。我正是为了想经常看到你，才决定尽快跟他结婚的。"

第二天早晨，巴吉斯先生赶着一辆轻便马车，带着辟果提、爱弥丽和我来到一座教堂，他们在教堂里结了婚。

延伸思考
【神态描写】通过描写爱弥丽的神态，流露出出女孩特有的羞涩之情。

延伸思考
【语言描写】辟果提的语言陈述，表达和显示出她对巴吉斯先生的好感、认可与接受。

在我离开雅茅斯的那天晚上，辟果提和巴吉斯先生把我接到了他们的新家里。我在一个小房间里过了一夜。辟果提说，那个房间永远给我留着。

吃过丰盛的早餐后，辟果提和她的丈夫巴吉斯先生一起，赶着马车把我送回了家。在大门口，我和他们依依不舍地挥泪告别。

回到家里后，摩德斯通姐弟俩整天对我不理不睬。辟果提信守诺言，每个星期都要来看我。我曾多次向摩德斯通姐弟俩提出到辟果提家里去，他们都一概拒绝。

一天早餐后，摩德斯通姐弟俩把我叫进了客厅，旁边还站着一个人。

摩德斯通先生说道："我这样想，大卫，你的前途就是到社会上去奋斗，而且开始得越早越好。向你介绍一下，这是摩德斯通——格林伯公司的奎宁先生。"

我满怀敬意地向那个名叫奎宁先生的人看了一眼。

"你马上就跟奎宁先生一起到伦敦去工作。从今往后，你就要凭自己的本事挣饭吃了。至于你在伦敦住的地方嘛，由奎宁先生帮助安排。去吧，赶快去收拾一下你的东西。"

我这个刚满十岁的孤儿爬上了奎宁先生的马车。

第二天我们到达了伦敦。奎宁先生把我带到了一个仓库里。这是一所破烂不堪的旧房子，墙壁上积了污垢，老鼠在腐朽破烂的地板上横冲直撞。

摩德斯通——格林伯公司主要经营廉价的葡萄酒和烈性酒，我的工作就是洗刷这些空酒瓶子，或是将灌了酒的瓶子集装成箱。我被安排在脏臭的角落里干活。每个星期的工钱只有六个先令。

当我意识到我的生活从此便是这般模样时，我心中就产生了一种不可名状的恐惧。我常常伤心地流泪。

　　奎宁先生在中午吃饭时介绍我认识了密考伯先生，并告诉我以后就住在密考伯先生的家里。密考伯先生他待人热情。奎宁先生介绍说，密考伯先生的工作是替他们的公司兜揽生意，从中获取一些的报酬。

　　密考伯先生一家住的这所房子也是他们租来的。密考伯太太是个身材瘦削、面目憔悴、老态显露的女人。他们还有一个四岁的男孩和一个三岁的女孩。密考伯太太带我上楼去看我准备住进去的那间小房子时伤心地说，"密考伯先生目前正处于困难时期，他欠了很多的钱。"我很快就发现，无论是密考伯先生还是密考伯太太都无法弄到钱。密考伯先生能挣到的一点钱，不要说偿还债务了，就是连他们家正常的生活开支都难以维持。

延伸思考
　【语言描写】通过密考伯太太的语言陈述，向读者介绍了密考伯一家目前生活的拮据状态。

　　我每天早晨去仓库工作时，和夜晚八点钟回到密考伯先生家里时，总能看到那些讨债的人们大驾光临。密考伯夫妇似乎对这样的生活已经习以为常了，他们的性情能随境况的改变而改变。

　　每星期六个先令的工钱，根本就不够吃饭用的，有时候不得不靠吃一块面包、喝一些自来水来充饥。我把苦水憋在肚子里，默默地埋头干活儿。我知道，如果我的活儿干得不及别人干得好，就免不了遭人白眼。没过多久，我干起活来就像其他孩子一样的快捷和灵巧了。

名词解释
　【情景描写】通过描写大卫靠仅有的六个先令勉强糊口的情景，刻画出大卫生活境况的悲惨。

　　我很快就和密考伯夫妇成了彼此间互相信赖、互相关心的好朋友。我既然孤苦伶仃，举目无亲，也就对这一家人产生了浓厚的感情。有几次我领到工钱后主动提出借给他们几个先令，但却被他们夫妇拒绝了。

　　密考伯夫妇不得不靠变卖东西来维持生活了。密考伯先生最后真是山穷水尽了，他的债主们又把他告上了法

庭。他被捕了，被关进了监狱。在他入狱后我去监狱里探望他。有一天他告诉我，他将很快被释放出狱，回家后把这个好消息告诉了密考伯太太。

我很关心密考伯先生全家今后的生活问题，便对密考伯太太说："大妈，现在密考伯先生的困难已经过去了。下一步你们打算怎么办？"

"我娘家人认为，像他这样有才能的人，应该离开伦敦去普里莫斯发挥他的才能。密考伯先生是一个很有才能的人。我娘家人在当地有势力，尽管他们现在还没有给密考伯先生找到合适的工作。但他们认为他必须去那里。"她喝下一杯酒后说道。

"那么，您也跟他一起去吗，大妈？"

"我当然要去！我一定要去！我绝不会抛弃密考伯先生。他是我们这些孩子的爸爸！他是我心爱的丈夫！我绝不能抛弃他！绝不！就算是你硬逼我，也不行！"

密考伯太太很快就平静了下来，吃完了晚餐。她擦了一下嘴巴对我说道：

"科波菲尔少爷，今后不再提起密考伯先生这段困难时期便罢，只要一提起来，我绝不会忘掉你。你的所作所为说明，你是一个善于体贴、乐于助人的人。你永远是我们的好朋友！"

我向密考伯太太道了晚安后，就回到我的房间里睡觉去了。

几天后，密考伯先生出狱了。他们准备离开伦敦。

这时我才清醒地认识到，一旦密考伯先生离开了伦敦，我就不得不再度回到陌生人中间去。这种孤苦无依的生活我是再也无法忍受下去了。经过思考，我终于决定去寻找我在这个世界上唯一活着的亲人——我的姨婆贝西小

延伸思考
【语言描写】大卫对密考伯太太下一步打算的问话，显示出大卫对密考伯一家未来生活的关心。

延伸思考
【语言描写】密考伯太太激动地表达的语言，显示出她对丈夫密考伯的忠诚、守护与真情。

姐。我曾经听辟果提讲起过，我的姨婆就住在斗佛附近。辟果提在我离开雅茅斯时，曾给了我十个先令，她让我藏在身边以备急需之用。我想，用这些钱坐马车去斗佛完全够用了。

名|家|点|评

母亲去世后，辟果提被解雇了，幸运的是她与巴吉斯先生结了婚。可怜的大卫在辟果提家乡获得短暂的快乐时光后被继父送往伦敦酒厂打工，微薄的收入使得年幼的大卫食不果腹，只好投奔姨婆。

拓展训练

1. 导致母亲去世的原因是什么？

2. 辟果提被解雇后选择去何处落脚？

3. 可怜的大卫被继父如何安置？

六、投奔姨婆

名家导读

　　年幼的大卫经过一路的艰辛终于见到了姨婆，曾经因为性别问题而遭受姨婆冷落的大卫能否得到姨婆的收留和接纳呢？

　　密考伯先生一家离开伦敦那天，我与他们依依不舍地挥手告别。

　　我决定去斗佛的时间定在星期六的晚上。因为我年纪虽小，却很诚实，不愿意在离开摩德斯通——格林伯公司的时候留下坏名声。就这样，在星期六晚上，我把我的衣物全部装进了一口箱子里，然后提到了我住所门外的大路旁。这只箱子实在是太沉了。有一个年轻人赶着一辆空驴车走了过来。我告诉他，如果他肯帮我把箱子送到去斗佛寺的马车站，我付给他六便士。

　　长腿青年把我的箱子放在了驴车上。我掏出那个装有十先令的钱包给他拿钱时，他一把抢过我的钱包，然后把我狠狠地推倒在地上。赶着驴车飞快地向前跑去。我失去了我的箱子，连去斗佛寺的路费也没有了。

　　我便脱下身上的背心拿到一个收购旧衣物的铺子里卖

名词解释

【解释说明】此处对大卫选择星期六离职原因的解释说明，显示出大卫虽年幼但严于律己、诚实守信的高尚品格。

延伸思考

【数字说明】通过列举天数、里程数，详细说明和显示出大卫投奔姨婆路途中所经历的艰辛。

延伸思考

【语言与动作描写】通过对姨婆的语言与动作的描写，显示出姨婆突然见到从未谋面的可怜落魄的大卫时惊讶的状态。

了九个便士。决定步行去斗佛寺寻找我的姨婆。

在这个夏夜里，我踏上了去斗佛寺的漫漫长路。就这样，我用了六天的时间，走了一百多公里的路程，终于走到了斗佛镇，走到了贝西·特洛乌德小姐住宅前的小花园里。

当我满脸污垢、头发蓬乱，浑身上下肮脏不堪地站在那个花园里时，从房子里走出一个女人。我一看便知道她是贝西小姐，因为她走路的姿态跟我母亲常说的样子完全一致。

"走开！"贝西小姐说着，挥舞着手里的剪刀，向我走来。"走开！这儿不许小孩子进来！"

"对不起，姨婆。"我对她说道。

"嗯？"贝西小姐惊奇地喊叫了一声。

"对不起，姨婆，我是您的侄孙呀！"

"哎呀，天哪！"贝西小姐惊呼道。同时，她一下子坐在了花园中的小路上。

"我是大卫·科波菲尔，是从萨弗克郡的布兰德斯通来的呀！——在我出生的那天晚上，您不是曾经去过那里见过我那亲爱的妈妈吗？这一切都是妈妈亲自告诉我的。自从我妈妈死后，我的日子很艰难。人家不理我，不让我上学，叫我自己谋生，干不适合我干的活。我实在忍受不下去了，就偷着跑出来投奔您来了。我刚一上路就被人抢了，我是一路徒步走来的，自从离开伦敦，我已经是六个夜晚没在床上睡过觉了。"说到这里，我再也抑制不住自己，"哇"的一声大哭起来。

我姨婆匆忙从地上爬起来，把我带进客厅，倒了一点儿药水让我喝下去。将我放到沙发上，头下放个垫子。然后，召唤她的女仆珍妮。

"珍妮，你上楼去，叫狄克先生到这里来一下。"我姨婆说道。

过了一会儿，从楼上走下来一位先生，他笑眯眯地走进了客厅。

"我的侄孙，大卫·科波菲尔。这个孩子就是他的儿子。"姨婆对狄克先生说道。

"他的儿子？"狄克先生说，"大卫的儿子，是吗？"

"是的。"我姨婆说，"他跑出来了。"

"哦，大卫的儿子。他跑出来了。"狄克先生说道。

"狄克，你别再装糊涂啊！"我姨婆接着说道，"你看，小大卫·科波菲尔到这里来了。我现在要问你的问题是，我拿他怎么办才好？"

"嗯，如果我是你的话，"狄克先生一边思量，一边茫然看着我，"我就——"他这一看，好像忽然给了他灵感，他急忙说道，"我就给他洗个澡！"

"你总是有好主意，狄克先生！"姨婆说道。然后她又对仆人说，"珍妮，快去烧洗澡水。"

过了一会儿，珍妮烧好了洗澡水。我洗过澡后，穿上了狄克先生的衬衣和裤子。然后，我们一起吃了一顿美味丰盛的晚餐。晚餐之后，我姨婆让我给她和狄克先生仔细地讲述我的经历。

"我真难以想像，是什么迷了那个可怜的娃娃的心窍，叫她再嫁一次人呢？"姨婆在我讲述完毕后说道。

"那也许是她坠入她第二个丈夫的情网了吧。"狄克先生提醒说。

"坠入情网？"我姨婆重复道。"你这话什么意思？坠入情网？她为什么要这样做呢？"

"也许——"狄克先生想了想，傻笑着说，"她是为了图个快活吧。"

"快活！那才真叫快活哪！"我姨婆回答说，"那个可怜的娃娃，把她的那份痴情托付给那样一个狗杂种，托付给一个无论怎样都会虐待她的人，那还叫快活哪！哎，狄克先生，我要问你另一个问题，你看这个孩子现在该怎么办？"

"哦！"狄克先生说，"有啦。叫他——我要叫他去睡觉。"

"那好吧。"我姨婆接着又喊道，"珍妮！狄克先生给我们指明了一条路。要是床铺好了，就让他上床睡觉。"

于是，我在在铺着雪白被单的小床上进入了梦乡。

第二天吃早餐时，我很想鼓起勇气问一问姨婆，下一步打算把我怎么办，可我又不敢把这种心情表露出来。于是，我心事重重地只胡乱吃了一点饭，就不再吃了。

"听我说！"我姨婆大概看出了我的心思，她说道。

"我已经给你的继父写了信！"她说。

没等她继续往下说，我就惊讶地说："啊！那您是不是打算把我送回给摩德斯通姐弟俩呀？不！我绝不回去。我求您了，姨婆！求您把我留在这里吧！"我浑身哆嗦着哭了起来。

"现在什么事都说不准。"我姨婆说过，连连摇头。"我只能说，什么事儿都没个准儿。这得看具体情况。"

她的话使我心里感到很不是滋味。但我也毫无办法，只得慢慢止住了哭。

"你觉得狄克先生怎么样，孩子？"

"我觉得他有点儿——嗯，不太正常。是吧，姨婆？"

"他一丁点儿不正常的地方都没有。说他什么都成，可就是不能说他精神不正常。"我姨婆斩钉截铁地说。

"哦，是这样。"我怯怯地说。

我婆姨说："嗯。狄克先生是我的一个远房亲戚。他的哥哥想得到他的那份遗产，就说他精神不正常，但是我认为他是一个非常敏感、聪慧的人。所以，我主动提出照顾他。他待在我这儿已经十年了。世界上再也找不出比他更通情达理的人了。至于出谋划策，那更不用提了！"

几天后，我和姨婆看见摩德斯通先生和他的姐姐骑着马来到了姨婆的花园里。我姨婆冲出门去，挥舞着拳头对他们大叫道："走开！不许践踏我的草地！你们是什么人，敢闯入私宅！快走开！"

我对姨婆说，他们就是摩德斯通姐弟俩。

她继续嚷道："我才不管他是谁呢！我不能容忍别人侵犯我，任何人都不能践踏我的草地！"她说完走进了屋子，嘭的一声把门重重地关上。摩德斯通姐弟俩只好把马牵出了花园，退回去后拉响了门铃。珍妮把他们带到了客厅。

"你的规定未免让生客有点儿尴尬吧。"摩德斯通小姐说道。

"是吗？"我姨婆说。

"特洛乌德小姐——"摩德斯通先生走近我姨婆说道。

"对不起，我想，你就是那位娶我外甥的遗孀做妻子的摩德斯通先生吧？依我看，你要是不娶那个可怜的娃娃，那也许要好得多，幸运得多呢。"

摩德斯通小姐装出一副笑脸说道："我赞同您的说法，

特洛乌德小姐！假如我弟弟当初不娶她，当然会更幸福。"

"像你和我这样的人，小姐，都已经上了年纪了，不会为年轻漂亮招惹烦恼，因而也不会有人用同样的话来说我们，这倒是值得我们宽慰的呢。我姨婆说。"

摩德斯通小姐张了张嘴刚想说些什么，她的弟弟则抢先开了口：

"特洛乌德小姐，我一接到您的信，就急忙赶来向您说明，以免您不明真相。这个孩子极为恶劣、粗暴、执拗、倔强。我和姐姐都曾不遗余力，想纠正他的缺点，但毫无结果。"

"请允许我补充一句，"摩德斯通小姐说道，"世界上所有孩子里面，我相信他是最坏的一个了。"

"太过分了！"我姨婆气愤地说。"好吧，你们现在告诉我，大卫从他父亲或母亲那里继承到财产了吗？"

"小姐，没有。"摩德斯通先生回答说，"我的亡妻最信赖他的第二个丈夫，她自然相信我能照顾好大卫。我也准备这么做，要是他现在跟我回去，我会按照我认为适当的办法安置他，照我认为正确的方法对待他。特洛乌德小姐——这下您明白了吧。我到这里来，是要把他带走的，这是第一次，也是最后一次。如果您决定把他留下，我的门就将会永远对他关闭。"

"大卫，你愿意跟他们走吗？"我姨婆问我道。

我说，"不！我决不跟他们走！我求您，姨婆！千万不要让我跟他们走。他们一向对我残酷无情，他们让我母亲不幸福！"

"狄克先生，"我姨婆说道，"我该拿这个孩子怎么办？"

名词解释
【语言描写】摩德斯通先生对大卫的差评，显示出人物的狡辩与虚伪，这也为下文中姨婆的愤怒埋下伏笔。

延伸思考
【语言描写】通过描写摩德斯通先生对姨婆警告语气的对话，显示出人物傲慢无礼的形象。

55

狄克先生考虑了一下，面露喜色地回答道："马上给他量尺码，做一套衣服。"

"狄克先生，"我姨婆得意洋洋地说，"请把你的手伸给我，因为你这份通情达理，真是无价之宝。"她和狄克先生亲热地握过手，转身对摩德斯通先生说道：

"你快点走吧！让我把大卫留在这儿，要亲自看看他到底是个什么样的孩子。你说的话，我一句也不相信。你以为我不知道你是怎么伤透了那个不幸的、苦命的、一步走错了路的娃娃的心吗？你是怎样恨她的儿子，并因此而折磨他吗？我从你的脸上就可以看出我是对的。"

【语言描写】姨婆对摩德斯通他们最后的表态发言，显示出姨婆对他们的鄙视和谴责。

"再见吧，先生。还有你，小姐。"我姨婆说着，突然转过身，两眼盯着摩德斯通小姐道，"要是再让我看到你践踏我的草地，那我就要把你的帽子敲下来，再踏上一只脚！"

摩德斯通姐弟俩一言不发地很快走出了房间。

"谢谢您，谢谢您，姨婆！"我激动得禁不住扑了上去，搂着姨婆的脖子说，"我会为您争气，我会尽力让您为我感到自豪的！"我连连亲吻着她，不住声地道谢。

【语言与动作描写】对大卫的语言和动作描写，流露出大卫对姨婆赶走摩德斯通他们并接纳大卫的惊喜感激之情。

狄克先生和我紧紧地握手，同时笑了又笑，祝贺我姨婆在这场唇枪舌战中大获全胜。

"狄克先生，你要跟我合伙，把自己看作是这孩子的监护人。"我姨婆微笑着对狄克先生说道。

"我能当这孩子的监护人，好极啦！"狄克先生说。

"很好！"我姨婆说，"咱们一言为定。"

自此，我的新生活开始了。我姨婆是那样的喜欢我，而我也努力让她高兴。我和狄克先生很快就成了最要好的朋友。

一天晚上，我姨婆对我说道，"大卫，咱们可不能把受教育的事儿忘记呀。"

"我早就想到学校去呢，姨婆。"我回答说。

"那，你愿意去坎特布雷上学吗？"我姨婆问道。

"这很合我的心意，姨婆。"我对姨婆说道，"因为坎特布雷离我们这儿比较近，我每星期都可以回来看望您！"

"好，"我姨婆说，"那你明天就去，行吗？"

"行。"我高兴地回答。

【对话描写】通过姨婆与大卫之间的对话描写，显示出姨婆对大卫的疼爱与重视。

第二天我姨婆亲自赶着一辆四轮马车，送我去坎特布雷。

路上，我问姨婆，"我要上的那个学校大吗，姨婆？"

"哟，这个我可说不上来。"我姨婆说。"咱们得先往威克菲尔先生家去一趟。"

"他是办学校的吗？"我问。

"不是的，他开了个律师事务所。"我姨婆回答我道。

我们的马车在一座很古老的住宅前停了下来。

【对话描写】姨婆与大卫的对话描写，引出了人物威克菲尔，为下文大卫寄宿在他家做了铺垫。

当我们跳下马车时，那两扇低矮的拱形大门打开了，一位年轻人走了出来。

我姨婆问道，"威克菲尔先生在家吗，尤利亚·希普？"

"威克菲尔先生在家，太太。"尤利亚·希普说，"请进去吧。"

我跟在姨婆的身后走进了客厅。

这时，客厅尽头的一扇门打开了，一位绅士走了进来。

威克菲尔先生和我姨婆寒暄过后，我姨婆对他说道：

"威克菲尔先生，这是我的外孙，我收养了他。我带他到这儿来，是想让他进一所可以受到良好教育，得到良好待遇的学校。请您告诉我，哪里有这样一所学校，还要

告诉我有关这所学校的一切情况。"

"噢，您要的是一所最好的学校，对吧。特洛乌德小姐？"威克菲尔先生问道。

我姨婆点头，表示同意。

"最好的学校，我们这里倒是有一所，那就是斯特朗博士学校。不过，您最好去亲眼看一眼。如果您同意的话，小姐，我可以带您一块儿去。"

我姨婆欣然接受了威克菲尔先生的建议。于是，他们一块儿坐上马车前往学校去了。

"太不巧啦！我不知道该怎么办才好，大卫。"姨婆对我说，"那所学校的确很好，一切都无可非议，只是眼下你不能在那里寄宿。"

"的确是很不巧。"威克菲尔先生说，"不过，我可以给您想个办法，特洛乌德小姐。"

"什么办法？"我姨婆问道。

"把您的外孙留在这儿。我这所房子既安静又宽绰，用来读书求学，是再好不过的地方了。就把您的外孙留在这儿吧。"

"听我说，特洛乌德小姐，"威克菲尔先生看我姨婆有点难为情，便说道。"要摆脱困难，只有这样才好。你就下决心把他留下来吧。"

"我非常感激您这番好意，威克菲尔先生！我的外孙也非常感激。把他留在这儿真是太好不过了，当然他的生活费由我负担。"

"那么，你们就来见一见我的小管家吧。"威克菲尔先生说道。

于是，我和姨婆跟随着威克菲尔先生来到了楼上的客

名词解释
【语言描写】
姨婆对大卫的讲话描写，向我们说明了大卫择校时遇到的麻烦。

延伸思考
【语言描写】
威克菲尔的语言描写，显示出人物热情好客与真诚友善的形象与品格。

厅里。

威克菲尔先生轻叩了一下一个房间的门，一个差不多与我同龄的女孩儿走了出来，她吻了吻他。威克菲尔先生介绍说，她就是他的小管家、他女儿艾妮斯。她母亲也早已去世了。如今这个家就由艾妮斯负责管理，她是他父亲生活中的唯一寄托。

当艾妮斯听她父亲讲述完我的情况后，她就建议我和姨婆去看一看准备让我住进去的那个房间。于是我和姨婆就跟随着她去看了那间布置得异常舒适和整洁的卧室。

我姨婆和我一样，对主人为我做的安排十分满意。

姨婆临走前对我说，威克菲尔先生会把我的一切安排得周周到到，什么也缺不了我的，而后她又对我谆谆嘱咐、好言劝导了一番。

"大卫，"我姨婆最后对我说，"你可要为你自己争脸，给我争脸，给威克菲尔先生争脸啊！愿上帝保佑你吧！无论什么时候，都绝不可做任何卑鄙下流的事，绝不可弄虚作假，绝不可残酷无情。你要是能避免这三种恶习，我就能永远对你寄予厚望。大卫！"

我和威克菲尔先生、艾妮斯围坐在一起，吃完了一顿丰盛的晚餐。然后，我们来到楼上的客厅里。艾妮斯给她父亲摆好了酒杯和一瓶红葡萄酒。威克菲尔先生一杯接一杯地喝着葡萄酒。艾妮斯弹琴，做活儿，或者跟她父亲和我交谈。

睡觉之前，我沿街溜达了一小段路程。当我散步回来时，只见尤利亚·希普正在关事务所的门。出于对每一个人的善意，我便走过去与他攀谈。

名|家|点|评

经历千辛万苦的大卫终于见到了姨婆并受到精心呵护，姨婆回绝了摩德斯通他们的虚伪请求，担负起监护大卫的义务，还为大卫选择了一所优秀的学校去学习。

拓展训练

1. 姨婆见到落魄的大卫时作何反应？

2. 姨婆对摩德斯通他们的虚伪请求持何态度？

3. 姨婆在为大卫择校时遇到什么困难又是如何解决的？

七、第二次就学

名家导读

名家导读

> 大卫进入了新的学校，接受到与他在萨伦寄宿学校有天壤之别的优良教育，更为惊喜的是大卫在尤利亚家还偶遇了一个熟人，会是谁呢？

第二天吃过早餐后，威克菲尔先生陪同我来到了斯特朗博士学校。

这是一所完全不同于萨伦寄宿学校的正规学校，整个校园里充满着一种浓重的学习气氛。我们碰到了斯特朗博士，他是这个学校的校长，也是一位六十多岁的老人。威克菲尔先生和斯特朗博士是老朋友了，他们相互热情地打过招呼后，斯特朗博士冲我微微一笑，点了点头。然后他领着威克菲尔先生和我走向教室。

教室是一个很大的厅堂。我们走进教室时，学生正在那里埋头读书。但一见我们走进去，他们立刻全体起立，向博士问候早安。看见我和威克菲尔先生站在博士的身后，他们便一直站着，没有立即落座。

"年轻的先生们，这位是新来的同学，他的名字叫大卫·科波菲尔。"

博士说完后，一个名叫亚当的班长离开了座位，走出

延伸思考

【动作描写】

通过描写斯特朗博士的动作，显示出他对大卫亲切与友善。

来欢迎我，指给我座位。

下午放学以后，我回到了威克菲尔先生的家里。我们吃过晚餐，回到了楼上，一切都照前一天的样子进行。我把课本从楼上拿下来，她看了看我的书本，告诉我用什么方法才可以学得最好，理解得最透。威克菲尔先生对我说，我如果有什么事要做，或者我要读别的书消遣，可以随便去他的房间。不一会儿他就下楼睡觉去了，我并不觉得疲倦，既然得到了他的允许，我不妨就到他房间里待上半个钟头。

威克菲尔的办公室离楼下客厅很近，我下楼后看到那个小小的圆形办公室里透出一束亮光，于是我就走了进去。办公室里只有尤利亚·希普一个人，只见他正在那儿读一部又大又厚的书，凝神专注的样子十分惹眼。

"尤利亚，天这么晚了，你还在工作呀。"我说道。

"是的，科波菲尔少爷。"他说。

尤利亚说："我不是在办公事，科波菲尔少爷。"

"那你在干什么呢？"我问道。

"我在进修法律知识呢，科波菲尔少爷，"尤利亚说。"我正在攻读蒂德的《审理规程》呢。哎呀，科波菲尔少爷，蒂德可真是个了不起的人物呀！"

"我想，你一定是个大法律家吧？"我又问道。

"我是个法律家，科波菲尔少爷？"尤利亚说。"噢，我是个很卑贱的人。我母亲也是。我们住在一间简陋的房子里。我父亲干的也是一种卑贱的工作，他是一个教堂司事。不过，他已经去世了。"

我问尤利亚，他跟威克菲尔先生在一起有多长时间了。

"我跟他在一起快四年了，科波菲尔少爷。从我父亲去世一年以后，威克菲尔先生就仁慈地收我做了免费学

名词解释

【情景描写】通过描写艾妮斯小姐和威克菲尔先生对大卫关照的情景，显示他们对大卫的热情与友善。

延伸思考

【语言描写】尤利亚的语言描写，流露出人物内心的卑微与低贱心理。

徒，这对我来说是多么幸运啊，否则的话，就我和母亲的卑贱身份哪能办得到呢？"

"那么，当你的学徒期满时，你就要成为一个正式的律师了，是吗？"我问他道。

"上帝保佑！科波菲尔少爷。"尤利亚回答道。

"说不定哪一天，你就要成为威克菲尔先生律师事务所的合伙人了。"我为了讨他的喜欢说道，"这样一来，这个事务所就成为'威克菲尔暨希普律师事务所'或者'希普暨前威克菲尔律师事务所'了。"

尤利亚摇着头回答道："哦，不，科波菲尔少爷，我是太卑贱了，哪能那样呢？"

"威克菲尔先生是一个再好不过的人了，科波菲尔少爷。假如你跟他在一起的时间长了，我相信，你就会知道他比我告诉你的还要好得多呢。"

我回答说，我知道威克菲尔先生是一个好人。不过，虽然他和我姨婆是朋友，但我认识他才只是几天的时间。

"你姨婆是一个很和气的人！我相信，你姨婆一定很喜欢艾妮斯小姐吧，科波菲尔少爷？"

我毫无顾虑地说："是的。"实际上我一点儿也不知道我姨婆是不是喜欢艾妮斯。愿上帝宽恕我吧！

"我希望你也喜欢她，科波菲尔少爷，""我敢肯定你一定喜欢她。"尤利亚说道。

"人人都应该那样。"我接着回答说。

"噢，谢谢你，科波菲尔少爷，谢谢你的这句话！"尤利亚说，"一点儿也不错！就像我这样卑贱的人也知道，你的这句话非常的对！噢，真要谢谢你，科波菲尔少爷！"

"我母亲在家盼着我早点儿回去呢，回去晚了她会感到不安的。"尤利亚把书放到书柜上说，"我们母子虽然很

延伸思考
【对话描写】
尤利亚与大卫之间的对话，与后来尤利亚处心积虑夺取事务所的行为形成鲜明对比，显示出尤利亚的阴险狡诈。

名词解释
【语言描写】
尤利亚的话，流露出他对艾妮斯小姐的爱慕，这为下文中他处心积虑征求艾妮斯欢心埋下伏笔。

卑贱，但我们彼此非常关心呢。假如随便哪一天的下午，你肯去我们家，在我们那里喝上一杯茶，我母亲一定会像我一样，感到非常的荣幸。"我说，我很高兴去。"谢谢你，科波菲尔少爷，"尤利亚拿起他的手提袋说。"我想，你一定要在这里住上一段时间吧，科波菲尔少爷？"

我说，我相信，我在学校一天，就要在这儿住一天。

"哦，真的！"尤利亚叫道，"我想，你归根结底总是要干这一行的，科波菲尔少爷！"

我郑重地向他解释说，我丝毫没有那样的意思，别人也没有为我做过那样的打算。但是无论我怎样解释，尤利亚都是一味殷勤地回答说："哦，是的，科波菲尔少爷，我想你会干这一行的，这是肯定无疑的！"他一边嘴里不停地反复说着这句话，一边把门拉开一条缝，挤了出去。

我渐渐地习惯了学校的生活，我刻苦认真地学习各门功课，因此我的学习成绩很快就赶上和超过了一些同学们。课余时间，我和同学们非常友爱地在一起做游戏，大家玩得都非常开心。我很快就成了全校师生们交口称赞的人物。

斯特朗博士的学校办得非常出色，它校风严谨，制度健全；事无大小，一概取决于学子们的良知和荣誉心，学校并对他们的这种德行寄予充分信任。

我一直没有忘记亲爱的老保姆辟果提。我找到姨婆后，就给她写了一封又一封长信，把我的情况详详细细地告诉了她。

辟果提很快就给我回了信，看着信笺上洒下的泪痕，我完全能够想象出她是如何一面给我写信，一面在哭泣流泪的情景。

她告诉了我一个难过的消息——我们家的家具都被卖

延伸思考
【语言描写】通过描写尤利亚的语言，流露出尤利亚对大卫将来进入事务所的猜测与影响他今后在事务所地位的担心。

延伸思考
【解释说明】通过解释说明斯特朗博士学校的优良校风，流露出大卫对学校的热爱。

光了，摩德斯通姐弟俩都搬走了。辟果提的信里再没有别的消息。她让我代替她向我姨婆道谢。她说，巴吉斯是个很出色的丈夫。巴吉斯先生也附笔向我问好。他们告诉我，那间我住过的小屋永远为我准备着。辟果提大伯一家一切也都很好。

我把辟果提来信的内容都如实地告诉了我的姨婆。

我刚到斯特朗博士学校上学的那一阵子，我姨婆曾到坎特布雷看过我几次，看到我学习勤奋，品行端正，又从各方面听说我有长足的进步之后，她就不再常来了。每隔一个星期，狄克先生在星期三会准时来学校看我。

艾妮斯很快也成了狄克先生的好友之一，并且因为狄克先生常到威克菲尔先生家里来，他也认识了尤利亚。

一个早晨，我在街上碰到了尤利亚。他提醒我说，我曾答应过他和他以及他的母亲在一起喝茶。他说完后扭了一下身子，又继续对我说："不过我不期望你守约，科波菲尔少爷，因为我们太卑贱了。"

我认为，自己被别人看作傲慢对我来说是一种极大的侮辱，于是我说，我只是在等候他的邀请。

"哦，要真是这样，科波菲尔少爷，并不是因为我们卑贱你才不肯登门。那就请你今天晚上来好吗？"尤利亚说道。

我说，我要把这件事告诉威克菲尔先生，假如他赞成（我相信他一定赞成），我一定高兴前往。于是，在当晚六点钟，我就对尤利亚说准备到他家里去。

"我母亲一定会觉得骄傲呢！"我们一同出发时，尤利亚说道。

"你最近还在研究法律吗？"我问他。

"哦，科波菲尔少爷，我只不过看一看罢了，那很难

称得上是研究。有时候我在晚上把蒂德先生的大作看上一两个钟头。"

"很难懂吧，我猜。"我说道。

"有时候我觉得很难懂，不过对于一个有才气的人来说，我不知道难懂不难懂。蒂德先生的书中有一些用语，你知道，科波菲尔少爷——拉丁字和拉丁名词——对于像我这样一个学识浅薄的读者来说是很难的。"

"你喜欢学拉丁文吗？"我轻快地说道。"我很高兴教你，因为我正在学。"

"噢，谢谢你，科波菲尔少爷，你有这样的好意，真是太好了，可我太卑贱，不配接受你这份好意。哦，到了。这就是我的卑贱的住处，科波菲尔少爷！"

我们从街上径直走进一个低低的旧式房间，在那里我看见了希普太太。那个房间，一半做客厅，一半做厨房，倒也收拾得整洁美观，但一点儿也不舒服。

【场景描写】
延伸思考
通过描写尤利亚住处的布置，显示出尤利亚家境的贫寒。

"我相信，这是一个可纪念的日子，我的尤利亚，"希普太太一边预备着茶，一边说道。"因为科波菲尔少爷来到了我们的家。"

"我说过，你会这样想的，母亲。"尤利亚说道。

【语言描写】
名词解释
希普太太的语言描写，同样流露出她对自身家境与地位低贱的自卑心理。

"我的尤利亚，"希普太太说，"早就盼望着这一天呢，他就害怕你嫌弃我们卑贱而不肯赏脸，我也和他一样。我们现在卑贱，过去卑贱，将来永远卑贱。"

"我相信你们不会老是这样下去的，太太！除非你们喜欢这样。"我说道。

"谢谢你，少爷。我们知道我们的地位，我们也挺知足的呢。"

希普太太在逐渐向我凑近，尤利亚逐渐转到我的对面，他们恭恭敬敬地劝我吃最好的食物。过了一会儿，他们母子开始谈论话题，在他们一唱一和、左哄右劝下，我这个年幼单纯的小孩子怀着对他们母子极大的信任，把我本不愿意对他们说的话全说了出来。然后，他们又问我一些关于威克菲尔先生和艾妮斯的事情。我有问必答，把他们所想了解的事情统统告诉给了他们。但是，我很快就意识到自己在不知不觉中泄露了这样或那样绝对不该泄露的秘密，我还从尤利亚的脸上看出了他那带有阴险、满足的笑容。

我开始感到后悔，我恨不得立刻走出这间房子。恰在这个时候，只见街上一个人从门外向屋里看了看，又走了进来高声叫道："原来是科波菲尔！有这么巧的事吗？"

原来是密考伯先生。

"亲爱的科波菲尔，"密考伯先生伸出手来说着，"这可是一次非同寻常的奇遇呀。科波菲尔，我亲爱的小朋友，你可好啊？"

虽然说，我在彼时彼地见到密考伯先生心里并不感到高兴，但我还是对他说，我很高兴见到他，并热情地跟他握手和询问密考伯太太的近况。

"谢谢你还惦记着她。"她基本康复了。假如她要是见到你，科波菲尔，那她可要乐坏了。"

"我很愿意见到她。"我说。

"你真是太好了。"密考伯先生说道。

我把密考伯先生介绍给了尤利亚和希普太太。

"你是我的朋友，科波菲尔，凡是你的朋友都有资格和我做朋友。"密考伯先生说。

"我们太卑贱了，先生。"希普太太说，"我和我的儿子，我们太卑贱了，不配跟科波菲尔少爷做朋友。他肯大驾光临，跟我们一块儿喝茶，真是对我们太好了，我们母

子对他感激不尽。您肯垂顾，我们也对您感激不尽哪，先生。"

密考伯先生问我目前干什么工作，我告诉他，我在斯特朗博士学校里读书。

"我们一块儿去看看密考伯太太好不好，密考伯先生？"

于是，我和密考伯先生告别了尤利亚母子，向密考伯先生住的地方走去。密考伯先生住在一家小旅店里。一进屋，密考伯太太先是大吃一惊，继而说见到我非常高兴。见到密考伯太太我也很高兴，我们亲热地相互问候。从密考伯夫妇的讲述中，我知道了他们到了普里莫斯以后，密考伯太太的娘家人对他们一家越来越冷淡了，于是，他们不得不跟一家亲戚借了一点儿路费，全家又回到了伦敦。前不久，他们听说煤炭交易生意很赚钱，于是他们夫妇便来到这里来考察。他们来时所带的钱全都花光了，现在只好住在这家小旅馆里，等待伦敦来的一笔汇款，以便还清在这儿的住宿费和就餐费。

听完他们的叙述，我对他们日前的艰难处境深表同情。当我告别时，他们都非常恳切地邀请我在他们离开之前一定要来这儿吃一顿饭，我怎么也推辞不掉，只得答应下来。

第二天晚上，当我从楼上自己卧室的窗户里向外观望时，我看到密考伯先生和尤利亚相互挽着胳膊从窗下走过去。次日晚上，当我按照密考伯夫妇约定的时间走进旅馆的时候，从密考伯先生的话中知道，他曾随尤利亚回家。

"我要告诉你，亲爱的科波菲尔，"密考伯先生说，"你的朋友希普是一个将来可以做首席辩护律师的年轻人，假如当年我的困难达到危急关头的时候，就认识这个年轻

名词解释
【语言描写】
大卫对密考伯先生说的话，既显示出大卫对密考伯太太的关心，同时也显示出大卫想要摆脱尤利亚的想法。

延伸思考
【情景描写】
通过描写大卫见到密考伯和尤利亚在一起的情景，为下文他们二人的合作做了铺垫。

人的话，那么，我敢说，对付我的债主们就不至于那样束手无策了。"

我简直不明白他怎么能那样说，但我也不愿意追问下去。

我和密考伯夫妇在一起吃了一顿很可口的晚餐。密考伯先生谈笑风生，快活异常。结果，出乎我的意料，在第二天早晨七点钟时，我接到密考伯先生下面这样的一封信，写信的时间是晚九时半，也就是在我离开他一刻钟之后——

我亲爱的青年朋友：

骰子已经掷出——一切成为过去了。用可憎的欢笑之假面遮掩着那忧愁的创伤，今晚我不曾告诉你，汇款是没有希望了！在这种情形下，同样耻于忍受，耻于思想，也耻于叙述，我已经用一张期票打发了此处的债务，约定在十四日后在伦敦、贵唐维尔我的寓所兑现。期票到期时，一定无法应付。那结果是毁灭。雷就要打来，树一定要倒地了。

让现在写信给你的可怜人，作你一生的鉴戒吧，我亲爱的科波菲尔。他为了这意向，也为了这希望，写这一封信。假如他可以相信自己有那么多用处，或许有一线阳光射进他那余生郁郁寡欢的暗牢——虽然他的寿命，在目前极端成为问题。

这是你将接到的最后一封信了，我亲爱的科波菲尔。

沦为乞丐的流浪者

威尔金·密考伯

这封读之断肠的信，我立刻向那家小旅馆跑去，打算到那儿安慰密考伯先生。半路上，我迎面碰见了那辆驰往伦敦的长途四轮马车，只见马车的后面坐着密考伯夫妇。

延伸思考

【神态描写】通过描写密考伯先生与我聚餐时快乐兴奋的神情，与下文中他突然给我写信道别的伤感与绝望形成鲜明对比。

名词解释

【比喻手法】通过形象生动的比喻修辞手法，道出了密考伯先生面临的危难时刻的到来的无奈与绝望。

【情景描写】
通过描写密考伯先生泰然自若的情景，流露出人物面对巨大生活磨难时习以为常的淡定的状态。

泰然自若的密考伯先生一面笑着听密考伯太太谈话，一面从纸袋里掏出核桃仁来吃，胸前衣袋里插着一个酒瓶子。于是，我心中的一块石头便落了地。

一晃几年过去了，十七岁那年，我以出类拔萃的成绩结束了我在这所学校的学习生涯。

我怀着依恋不舍的心情告别了斯特朗博士、威克菲尔先生和艾妮斯小姐，回到了我姨婆的身边。

名家点评

大卫进入了斯特朗博士的学校，受到了良好的教育。他寄宿在威克菲尔家并得到了他们父女俩的热情招待。单纯的大卫接受了尤利亚的不怀好意的邀请，幸亏邂逅了密考伯先生才得以脱身。

拓展训练

1. 大卫对他现在就读的学校评价如何？

2. 尤利亚邀请大卫的真实目的是什么？

3. 大卫在尤利亚家邂逅了哪位故人？

八、我的一次**短途旅行**

名家导读

　　大卫毕业后接受姨婆的建议，决定外出进行一次短途旅行，这次旅行大卫又会遇到什么人以及发生什么事呢？

　　毕业后，我对未来的生活充满了幻想，希望能够尽快谋到一份工作，过青年人那种独立自主的生活。然而在我应该从事何种职业的问题上，总是定不下来。

　　"大卫，你听我说，亲爱的，"我姨婆说道，"换个环境，走出家门去看看外面的世界，也许对你有好处，有助于你拿定主意，做出冷静的判断。比方说，你现在去做一趟短途旅行怎么样？举个例子来说，再到乡下老家去，探望你那个有着个怪名字的老保姆怎么样？"

　　"再也没有比这更让我喜欢做的事了，姨婆。谢谢您提醒了我！"我高兴地回答道。

　　"大卫，我亲爱的，我想要你成长为一个坚强的人。一个高尚而坚强的人，有自己的意志，坚韧不拔，"我姨婆对我摇晃着她手中的帽子，另一只手攥着拳头说道，"富贵不移，威武不屈，大卫。"

延伸思考

　【语言描写】通过描写姨婆对大卫所说的话，显示出姨婆对大卫殷切期望。

我表示一定不辜负姨婆的殷切期望。

"为了使你从小事上做起，信赖自己，按照自己的意志行事，"我姨婆说，"我打算让你单独去做一次旅行。"

按照姨婆这份慈爱的计划，姨婆为我筹备了很可观的一笔钱和一个鼓鼓囊囊的大提包。告别时，姨婆叮嘱了我好多话，吻了我好多次。她还告诉我，此次旅行是为了让我去开开眼界，动动脑子。她劝我不妨在伦敦住上几天。在这一个月左右的时间内，想干什么就干什么。除此以外，我还要保证每个星期给她写一封信，如实报告我的行动，就再没有别的附加条件了。

我先到坎特布雷，以便向威克菲尔先生和艾妮斯告别；同时，也向斯特朗博士告别。艾妮斯见到我很高兴，她告诉我说，自从我离开了以后，那个家已经改变样子了。

一天，我和艾妮斯各自谈了我们分别以后的一些情况后，她看着我十分认真地问道：

"大卫，有一件事我想要问问你，现在不问，也许很长一段时间内都没有机会问了。这是我不愿意问别人的一件事。你看出爸爸身上有什么逐渐地变化吗？"

我是看出来了。我这番心思无疑在脸上全都表露了出来，因为她的眼睛立刻垂下去，我看见她的眼里噙着泪花。

"你要告诉我是怎么回事。"她低声说道。

"我觉得——因为我非常敬爱他，艾妮斯，我就实话实说好吗？""可以。"她说道。"我觉得，从我起初来这里的时候开始，我就知道他那种越来越大的嗜好，对他并没有好处。他时常神经过敏——或许这是我的错觉。"

"这不是错觉。"她摇着头说道。

"他的手颤抖，他说话有些不清楚，他的眼神带着发

狂的样子。在他最反常的时候，一定有人找他办什么公事，我就在那种时候，看出这一点来。"

"尤利亚。"艾妮斯说道。

"是的，正是他。他那种力不从心的感觉，对要办的事毫无把握的感觉，还有不能自制的感觉，似乎弄得他惶惶不安，日复一日，他就形容憔悴，精疲力竭了。我给你讲一件事，你可不要吃惊呵，艾妮斯。在前两天晚上，我就曾看见他处于刚才所说的那种状态，他头枕在书桌上，像一个孩子似的流泪。"

当我正在说着的时候，她的手轻轻地伸到我的嘴前，紧接着她轻快地走到房门前迎进她的父亲，并且靠在她父亲的肩膀上。他们父女俩的目光都向我投来，这时候，我觉得她脸上那副表情非常动人。

那天，斯特朗博士请我们到他家去吃茶点。博士非常重视我这次出游，把我当上宾接待。

我们和斯特朗博士夫妇又说又笑地度过了一个愉快的晚上。

第二天早晨，我就要离开那座古老住宅了，这种离情别绪完全占据了我的心思。辞别了艾妮斯和她的父亲，坐上了驶往伦敦的长途马车。一路上，我想了很多。

我们的马车停在了一家名叫"金十字"的旅店门前。旅店的堂倌欺负我年轻，竟把我安排到一个小小的卧室里，这间卧室闻着有一股子出租马车的气味。

晚餐后，我我选中了可芬花园戏院。我坐在正面的包厢里，看了《恺撒大帝》和一出哑剧。当我怀着欢快的心情从戏院回到旅店时，一个体态匀称，衣着潇洒的英俊少年的身影出现在我的面前。他没有认出我来，可我却一下子就认出他来了。我立即走上前去，心里怦怦地跳着，喊道：

"斯提福兹！你怎么不跟我说话呀？"

他看了看我——但是他脸上看不出有认出我来的表情。

"怎么，你不记得我了？"我对他说道。

"天哪！"他突然大叫一声。"你是科波菲尔！"

我一下子紧紧地握住他的两只手，不肯放开。

"我从来，从来，从来也没有这么高兴过！我亲爱的斯提福兹，我见到你真是高兴极啦！"

"我见到你也是非常高兴呢！哎，科波菲尔，老伙计，别太激动啊！"不过他话虽这样说，但看得出来他和我一样地激动，一样地高兴。

我和他肩并肩地坐在了厅堂的沙发上。

"哎，你怎么到这儿来啦？"斯提福兹拍着我的肩头说道。

"今天，我是乘坐坎特布雷的长途马车来的。我姨婆就住在那一带的乡下，是她抚养了我，我刚在那里受完了教育。你是怎么到这儿来的呢，斯提福兹？"

"嘿，我在牛津大学上学，可那儿没什么好玩的地方。所以我就来伦敦玩几天。你真是个可亲的小伙子，科波菲尔。你看起来跟从前一样，一点儿也没改变！"

"我一眼就认出你来啦，"我说道。"当然，你这个人不容易让人忘记。"

他哈哈大笑，高兴地说：

"不错，我刚到伦敦还不到六个小时呢。这几个小时里，我一直在戏院子里打瞌睡，发牢骚，稀里糊涂地打发过去了。"

延伸思考
【语言描写】通过描写斯提福兹的语言和语气显示出人物邂逅大卫时惊讶、激动、意外之情。

延伸思考
【语言描写】大卫对斯提福兹的回话，一语双关，既表达了大卫对斯提福兹的思念，也有幽默地表达了大卫对当时斯提福兹收保护费并罩着大卫的往事。

"我也看过戏，在可芬花园。那是多么令人享受，多么恢弘的一出戏呀，斯提福兹！"

斯提福兹开怀大笑。

"我亲爱的科波菲尔，"他拍着我的肩头说道，"你真是一朵雏菊呀！我也到过可芬花园，从来没有比那个更糟糕的戏院了。哈罗，你老兄！"

这是冲着那个堂倌说的。那个站在远处一直在很注意地看着我们的堂倌，马上毕恭毕敬地走了过来。

"你把我的朋友科波菲尔先生安置在什么地方啦？"斯提福兹说道。

"对不起，先生！我不懂您这话是什么意思？"

"他睡在什么地方？几号房？你懂得我的意思啦？"斯提福兹说。

"懂得了，先生，"堂倌带一种抱歉的神气说道，"科波菲尔先生已经被安置在四十四号房间了，先生。"

"你把科波菲尔先生安置在马房上的顶楼里，你这样做究竟是什么意思？"斯提福兹质问他道。

"唉，真对不起，先生！"堂倌更抱歉地回答说，"我们把科波菲尔先生调到七十二号好吗，先生，如果遂您意的话。我就把他安排在您的隔壁，先生。"

"这当然遂我的意啦，"斯提福兹说道。"那就赶快安置去吧。"

堂倌立刻调整房间去了。斯提福兹邀请我明天与他一起共进早餐——我欣然接受。我与他亲切道别后走进了我那新调换过的房间。只见这间房比原先那间好多了，一点儿也没有潮湿发霉的气味。我把头枕在枕头上，不久就进入了甜美的梦乡。

名词解释

【动作描写】
通过描写旅馆堂倌毕恭毕敬的样子，刻画出一副欺软怕硬的势利眼形象。

延伸思考

【对比描写】
此处对房间环境的描写，与前文中大卫最开始入住的房间状况形成鲜明对比。

接下来的几天，我和斯提福兹一起游览了伦敦的名胜古迹。

一天，我告诉斯提福兹我要去雅茅斯看望我的老保姆辟果提和辟果提大伯一家，并提醒他辟果提大伯就是他曾在萨伦寄宿学校中见过的那个船夫。

"哦！就是那个粗率直爽的人呀！"斯提福兹说道，"我记得还有他的儿子一起去的，是吗？"

"不是的。那是他的侄子。他的侄子是他从小抚养大的。他还有个挺漂亮的外甥女，也是当作女儿抚养的。你要是见到那一家人，肯定会喜欢的。"

"是吗？"斯提福兹说道。"是的，我想我是会喜欢的。一次能见上那种人的全家，跟他们不分彼此地相处几天，跑一趟倒是很划得来的。当然，和你在一起的快乐那就更不用说了。什么时候动身？"

"我想，咱们马上就走，好吗？"我高兴地问道。

"好吧。"斯提福兹欣然回答。

于是，我和斯提福兹坐上了驶往雅茅斯的长途马车。

我们到达雅茅斯之后，按照我们商定好的计划，我立即将斯提福兹安排在一家小旅店里休息，然后我就向巴吉斯先生家里走去。

辟果提正在她那瓦顶的厨房里做饭呢！我一敲门，她就把门打开了，并问我有什么事儿。我虽然一直不断地给她写信，可是我们毕竟有七年没见过面了。

"巴吉斯先生在家吗，太太？"我故意粗声大气地问道。

"他在家，先生，"辟果提回答道，"不过他犯了风湿疼的老毛病，起不了床呢。"

【语言描写】斯提福兹对乐意前往辟果提一家的回答，为下文他见到他们并骗走爱弥丽埋下隐患。

【语言描写】大卫故意粗声大气地对辟果提说话的语言描写，显示出大卫调皮捣蛋以及想给辟果提惊喜的想法。

79

"他现在不去布兰德斯通了吗？"我问道。

"他没病的时候，还是经常去的。"她回答说。

"你去过那里吗，巴吉斯太太？"

她格外注意地看着我，同时她的两只手很快地合拢到一起。

"辟果提！"我对她叫道。

她也大声叫道："啊，我的宝贝孩子！"

我们不约而同地急步走上前去紧紧地拥抱在一起。她激动得又哭又笑，而我也和她一样。

【情景描写】通过描写我与辟果提时隔七年后再次相见时的情景，显示出我们彼此的激动兴奋之情。

"巴吉斯一定会非常高兴的，"辟果提用围裙擦着眼睛说道，"对于他的病，这要比贴多少膏药都更有效呢。"

我和辟果提一道上楼去看巴吉斯先生——他病得躺在床上不能动，他极其热情地欢迎我。因为风湿疼比较严重，他不能和我握手，就请我握他睡帽上的穗子，我也就把那穗子亲亲热热地握了一气。当我坐在床边时，他说，仿佛他又在通往布兰德斯通的大道上为我赶车一样，这种感觉对他的病的好处真是太大了。

"我说'我很愿意'，这话可说了很长时间哪，是不是，先生？"

"是呀，是说了很长时间。"我回答道。

"我不后悔，"巴吉斯先生说。"你有一次对我说，她会做各种苹果馅饼、各种饭菜，你还记得吗？"

"记得，记得很清楚。"我回答。

"这话一点儿也不假，"巴吉斯先生说，"绝对不假，这话是真实的。绝对真实。没有什么事比这更真实的了。"

我表示绝对相信他的话，随后他的目光更加温柔地转向他的太太，说道：

【对话描写】通过大卫与巴基斯先生之间的对话，流露出巴基斯先生对辟果提深深的爱。

　　"她，克拉拉·辟果提·巴吉斯，是世界上最好的女人。任何人所能给予她的一切美好的赞誉，她都受之无愧。亲爱的，你快去预备一顿丰盛的晚餐，招待一下客人，好吗？"

　　吃过晚餐后，我带着斯提福兹去拜访辟果提大伯一家。我们轻手轻脚地来到门前。低声嘱咐斯提福兹紧紧地跟随着我，然后推门走了进去。

　　进到屋里，听见一阵热烈的鼓掌声，这掌声是从古米治太太那里发出来的。辟果提大伯带着非常满足的神情，大笑着，张开他那粗壮的双臂，好像在等待着爱弥丽投向他的怀抱；海穆憨厚的脸上，带着赞美、喜悦和羞怯的复杂表情，握着爱弥丽的手，好像正要把爱弥丽介绍给辟果提大伯；而爱弥丽则是又害羞、又胆怯，她也因为辟果提大伯的高兴而高兴。正当她从海穆身边投向辟果提大伯怀抱中的刹那间，却突然停止了她的动作，因为她看到了刚走进门的我和斯提福兹。

　　我站在惊慌失措的这家人的中间，与辟果提大伯面面相觑，我向他伸出我的手，这时海穆大声喊道：

　　"大卫少爷！这是大卫少爷呀！"

　　我们大家立刻互相握手问好，互相说着我们的相见是多么令人高兴的事情。辟果提大伯为我们的到来而感到骄傲和欢喜。

　　"喂，你们两位先生今天晚上恰巧来到这里，这是我一辈子从来没有过的一件事啊！爱弥丽，我亲爱的，快过来！这是大卫少爷的朋友，就是你以前听说过的那位先生。在你舅舅一生中最快活的这个晚上，他和大卫少爷一块儿来看你了！"

辟果提大伯用双手捧着爱弥丽的脸，一连在她的脸上吻了十多次。她红着脸跑进小房间时，他又说道：

"要是两位先生不肯原谅我得意忘形的话，那我只好等你们了解了情况之后，再求饶恕了。爱弥丽，她知道我往下要说什么了，所以她跑开了。可不可以请您这会儿去找一找她，大嫂？"

古米治太太点了点头就走开了。

辟果提大伯坐在火炉旁继续说道，"我们这个小爱弥丽，她不是我的孩子；我从来没有过孩子，可是我疼爱她疼爱得不能再疼爱了。你懂吗，斯提福兹先生？"

"我很懂。"斯提福兹理解地点头说。

"我知道你懂，先生，谢谢你。不过你们都不十分知道，她在我这个疼她爱她的人心里，过去、现在和将来会是什么样子。不过我相信，没有人能知道我们的小爱弥丽在我的心目中是什么样子。这里有一个人，从我们爱弥丽的父亲淹死的时候起就认识她，他一直看着她长大。他是一个诚实的小伙子。"

我发现海穆坐在那里乐得合不拢嘴。

"今天晚上，小爱弥丽下工回到了家里，这个小水手也跟她一起回到了家里！但是这个小水手，他一面拉住她的手，一面高高兴兴地对我叫道：'看！她就要做我的小太太了！'于是她半勇敢半羞怯、半笑半哭着说道：'是的，舅舅！只要你高兴。'只要我高兴！"辟果提大伯欢喜得摇头晃脑地叫道，"天哪，好像我应当不高兴呢！——'只要你高兴，我一定做他的好太太，因为他是一个可亲可爱的好人！'这时古米治太太就像是给一出好戏喝彩一般，高兴地拍起了巴掌。正在这个节骨眼上，你们就进来了。好

啦，这下子真相大白啦！"

海穆他带着腼腆的神情断断续续地说道：

"大卫少爷，我是看着她长大了。我愿意为她献出我的生命！我心甘情愿！我觉得她胜过我所能希望得到的一切，胜过我从来——胜过我从来所能用语言说出来的一切。我——我是真心实意地爱她。在所有的陆地上——连同所有的海洋上——没有一个男人能爱他的女人胜过我爱她。"

"海穆是一个堂堂正正、光明正大的人。"辟果提大伯满面春风地说道，"他那颗心总是悬在我们的小爱弥丽身上，他像保护神一般地一直保护着她。他们两个彼此间相亲相爱，胜过那些亲兄妹呢。这下好啦，有海穆这个有着铁一般忠心的老实人保护小爱弥丽，即使任何一个夜晚我在雅茅斯港口一阵风中翻了船，我也可以比较安心地沉下海底了。"

"辟果提先生，"斯提福兹说道，"你的心实在太好了，今天晚上理应这样高兴。我起誓！海穆，我衷心祝贺你，老兄。我同样起誓！科波菲尔，拨一拨火，让它烧得旺一些！还有辟果提先生，你要是不能把你那位娴雅的小爱弥丽叫出来，那我可要告辞了。我们总不能让这里的座位空闲着吧！"

于是，辟果提大伯到我从前住过的小屋里去叫爱弥丽了。开始，爱弥丽不肯出来，于是海穆又去叫她。不一会儿就把她带到火炉旁，她显得局促不安，羞羞答答，但不一会儿便定了神，不再拘束，因为她看到斯提福兹对她说话时，态度彬彬有礼，巧妙地避开了任何可能使她尴尬的话题；他谈笑风生，潇洒自如，渐渐地把我们引入一个魔

延伸思考
【语言描写】
海穆对大卫诉说的话语，流露出海穆对爱弥丽深深的爱恋，可谓是海穆的爱情誓言。

延伸思考
【语言描写】
对斯提福兹的语言描写，显示出他为辟果提先生的无私的爱所感动，更为海穆与爱弥丽的爱情而祝福。

圈，大家都无拘无束，东一句、西一句地说起闲话来。

爱弥丽一个晚上没说几句话。但是，她在看，在听，她容光焕发，令人着迷。斯提福兹讲了一个悲惨的沉船故事，他讲得活灵活现，爱弥丽眼睛盯着他，一眨不眨，好像她也正目睹着那个场面。他给我们讲了一段他自己的冒险经历，以缓和一下沉船故事所带来的沉闷气氛，他讲得那样轻松欢快，爱弥丽乐得大笑起来，我们大家也跟着哈哈大笑起来。斯提福兹鼓动辟果提大伯唱了一首渔歌，他自己也唱了一首水手之歌，歌声哀婉动人，听者鸦雀无声。

我们起身告辞时，已将近半夜了。在这之前，我们吃了一些饼干，斯提福兹从口袋里掏出一瓶荷兰酒，我们男人们，把酒喝了个精光。我和斯提福兹高兴地与他们道别。

"真是一个让人着迷的小美人儿！"斯提福兹说道，并挽起我的胳膊。

"咱们的运气真好，"我回答说，"恰好看到他们的欢乐光景！我从来没有看到过他们像今天这样欢乐的时候。像咱们刚才那样，看到这种光景，分享他们发自内心的欢乐，多么开心哪！"

"那是一个很蠢的家伙，配不上那个女孩子，是不是？"斯提福兹说道。

他刚才还一直对所有的人那样热诚亲切，而一转脸就说出这样冷酷无情的话，大大出人意料。但是当我很快地转过身看他时，只见他眼里含有一种笑意，这才使我松了一口气，于是我回答道：

"噢，斯提福兹！你尽管拿穷人开玩笑，或是用开玩笑掩盖你对他们的同情而又不让我识破。我看到你能充分理解这些人，你能细心体察这些渔民的心情，乐他们之所乐，你对他们这些人的喜怒哀乐，对他们的每一种感情，都不会是无动于衷的。我为此而加倍爱你、敬你，斯提福兹！"

他停下来，看着我说道："科波菲尔，我相信你这话是诚心诚意的，你是个好人。我只希望咱们都是这样才好！"随后，他欢快地唱起辟果提大伯刚才唱的那首歌来，同时我们加快脚步走回了雅茅斯。

我和斯提福兹在那一带乡间住了两个多星期。划船是他偏爱的娱乐，有人传言，说他在我就寝以后，常到小酒馆里邀集渔民们一起喝酒；趁月色整夜在海上漂泊，天亮涨潮时才回到岸上。我已经知道，他有一种好动的性格和冒险精神。因此，他的所作所为，我一点也不感到惊奇。

在这期间，我曾回到布兰德斯通，重游我幼年熟悉的地方。我在我父母的墓地和我们那座已经破败不堪的老住宅附近长久地徘徊。

在我们离开雅茅斯的前一天傍晚，我去辟果提大伯家找斯提福兹。我发现屋子里只有他一个人，这时他正心事重重地坐在火炉前，完全没有觉察到我已走到他的跟前。

当我把手放在他肩头上时，他吓了一跳，我同时也被他吓了一跳。

"你像个冤魂似的，不声不响地就降临了！"

"我总得想个办法让你知道我来了呀，我把你从星球上叫下来了吗？"

"不是。我在看炉火里的图画呢。"

"不过你不让我看了，"我说道，因为他很快用一块燃烧的木头把火搅动起来。

"你是不会看到那些图画的，我憎恶这种黄昏的时

【交代说明】

此处交代大卫重归鼓励布兰德斯通，流露出大卫对父母的思念、伤感往事的怀旧之情。

名词解释

【对话描写】

通过描写大卫与斯提福兹之间的对话，表达了斯提福兹专注于心事而被突然打扰的抱怨之情。

延伸思考

刻，既不是白天，又不是晚上。你来得多晚哪！你去过什么地方？”

"我去向我经常散步的地方告别呢。"我回答道。

"我坐在这里想，在我们来的那天晚上，我们所见到的那些快活的人们也许会——从目前这地方的荒凉意味来判断——分散，或死亡，或遭遇到我所不能知道的什么伤害。大卫，我真为这二十年来没有一个对我严加管教的父亲而感到天大的遗憾！"

"我亲爱的斯提福兹，你这是怎么啦？"

"我的确后悔，没有一个人对我好好地训导！"他叫道。"我的确后悔，我自己也未曾很好地训导自己！"

他说这话时，神情沮丧，十分动情，使我大为惊诧。他这种失去常态的情况，是我无论如何都意想不到的。

"做这个贫穷的辟果提或他那个粗鲁的侄子，也总比做我自己好，虽然我比他们富二十倍，聪明二十倍，也总比过去半个小时内像我这样在这该死的船里苦恼自己好！"

我对他心绪的变化感到惶惑，一开始我只能默默地看着他，他则站在那里，手扶着头忧郁地向下看着火炉中的火。后来，我才诚恳地求他告诉我发生了什么事情，即使我劝解不了他，至少也能向他表示我的同情，我的话还没说完，他却又大笑起来——开始有一点懊恼，但是不久就恢复了往日所有的那种兴致。

"得啦，没有什么！科波菲尔！你知道我已经在这里买了一条船吗？"

"你是多么奇怪的一个人哪，斯提福兹！我认为你或许永远不想再来这一带呢！"

"想不想来，我还说不准，反正我是喜欢上了这个地

方。不管怎样，我已经买了一条正在出卖的船——辟果提先生说，这是一条快船，那是不错的——当我不在这儿的时候，辟果提先生就是它的主人。"

"噢，我明白你的意思啦，斯提福兹！"我欣喜若狂地说。"你表面上是给自己买下的，而实际上是买了作为礼物送给辟果提先生的。我既然深知你的为人，本该一开始就想到这一层的。我亲爱的好心的斯提福兹，我怎样才能向你充分表达对你乐善好施精神的感佩之情呢？"

"得了吧！"他红着脸说道，"还是少说为佳。"

"我当真不知道吗？"我叫道，"我不是早就说过，那些老实巴交的人的喜怒哀乐，他们的任何感情，没有你不关心的吗？"

"是呀，是呀，"他回答我说，"这些话你都对我说过。这个话题我们说得够多的了！"

这时，古米治太太提着篮子从外边买东西回来了。我和斯提福兹向她施礼问好，然后我们就离开了船屋。

"那条船现在的名字叫'海燕'，"走在路上的时候，斯提福兹跟我说，"可辟果提先生并不关心海燕哪！我要重新给它命名。"

"用个什么名字呢？"我问道。

"小爱弥丽。"他说。

"看哪，"他向前面望着说，"那个真的小爱弥丽来了！那家伙也跟她在一起，他可真像个骑士，一时一刻都离不开她！"

这个时候，海穆已经当上了造船厂的工人，他身穿工作服，看上去很粗犷，但却是一副男子汉气概，对于身旁那个娇艳的小女子来说，倒是个很合适的保护人。

名词解释

【语言描写】

大卫对斯提福兹买渔船一事的高度评价，显示出大卫对斯提福兹的信任、夸奖与感激。

延伸思考

【对话描写】

斯提福兹与大卫之间的对话描写，再次流露出斯提福兹对爱弥丽的暗恋与好感。

我们跟他们打招呼，这时爱弥丽羞怯地把手从海穆的臂弯里抽了出来，然后红着脸把手伸给斯提福兹和我。

第二天早餐时，有人送来我姨婆写给我的一封信。姨婆在信中说，她让我好好考虑一下是否想当个律师。我姨婆在信中最后说，她为此事已住在伦敦等候我一个星期了，她租住的那座公寓就在林肯博士院的广场处。

我们就要回伦敦了，所有的朋友们都怀着依依惜别的心情前来为我和斯提福兹送行。

名|家|点|评

毕业后的大卫在姨婆的建议下进行了一次短途旅行，在旅行中他邂逅了同学斯提福兹并邀请他一起去了辟果提大伯家，在那里度过了一段快乐的时光。

拓展训练

1. 大卫在旅行中投宿的旅馆里邂逅了谁？

2. 当大卫他们突然到达辟果提大伯家时，他们一家正为何事而兴奋？

3. 斯提福兹言语举止中流露出他对爱弥丽的什么感觉？

九、我选定了一种职业

名家导读

大卫在姨婆的建议下开始进入一家律师事务所做实习律师，在事务所里他会遇见什么人和发生什么事呢？

到达伦敦后，斯提福兹就回家去了，我立即去林肯博士院广场的那座公寓见我姨婆。

我和姨婆在这里重逢，感到十分高兴。姨婆慈祥地看着我说道：

"我说大卫呀，你觉得做个律师怎么样？你考虑过这个问题吗？"

"我已经考虑过了，亲爱的姨婆，我喜欢这个职业。"

"很好！这话叫人听了高兴。"

"我只有一个问题，姨婆。"

"有什么问题，你就照实说吧，大卫。"她说道。

"嗯，我想问一问，姨婆，这个职业好像是个冷门，进入这个职业是不是要花好多的钱？"

"去那里做学徒，"我姨婆说道，"刚好用一千镑。"

"要是那样，我亲爱的姨婆，我可于心不安呢。那可是一大笔钱哪。您为我受教育已经花了不少的钱，您早就

延伸思考
【对话描写】姨婆与大卫之间的对话描写，尤其是对做学徒需要花费一千镑介绍，显示出姨婆为了大卫的前途而不惜金钱的感情。

称得上是慷慨好施的楷模了。我相信一定有别的门路，一开始并不需要下多大的本钱，只要有决心，肯努力，也可以有发迹的希望的。您不认为试一试那样的途径会更好些吗？"

"大卫，我的孩子，"我姨婆说道。"如果说我这一辈子为一个什么目标奋斗，那个目标就是要把你培养成一个心地善良、通情达理、幸福快乐的人。狄克也是如此。大卫，老追忆往事是没有益处的，除非过去还能对现在施加影响。也许我应该对你那可怜的爸爸更友好一些，也许我应该对那个可怜的娃娃——你的母亲，更友好一些。当年你逃跑出来，风尘仆仆赶来投奔我的时候，也许我就这样想过了。从那时候到现在，大卫，你一直是我的一种光荣、一种骄傲、一种快乐。我的财产，并没有什么别的人有权继承，何况你是我自己收养的孩子呢。等我老了，只要你能真心疼我，容忍我的喜怒无常的怪脾气，那你对我这样一个盛年时期未曾得到过应该享有的欢乐和安慰的老婆子——所做的事，就算远远胜过她为你所做的一切了。"

"好啦，大卫，咱们两人意见完全一致了，一切都说清楚了，"我姨婆说，"这话就不再提了。来，吻我一下，咱们明天吃过早餐后，就去博士院。"

第二天将近中午，我们来到了博士院里的斯本罗——约金士的律师事务所。

斯本罗先生匆匆忙忙地走了进来，并且边走边脱下了帽子。我姨婆早已把我向他做过介绍，因此他很客气地对我说道："如此说来，科波菲尔先生，你是想干我们这一行的了？前几天我有幸会见了特洛乌德小姐，我无意中提到，我们这里还有个空位置。承蒙特洛乌德小姐指教，得知她有一位特别关怀的外孙，她正在为他寻找一个体面的职业。这位外孙，我想就是——"

我鞠了一躬，表示我即是他所说的那个人，并且说，我觉得自己也非常喜欢这种职业！但是我还不能保证绝对喜欢，我得有个机会先试一试我究竟是否喜欢，然后才能义无反顾，投身其中。

"哦，当然，当然！"斯本罗先生说道。"在我们这个事务所里，我们总是给一个月的试用期。我本人倒很愿意给两个月、三个月，不过我还有一个合伙人，约金士先生。"

"预付金，先生，"我对他说，"是一千镑，对吗？"

斯本罗先生说道：<u>"预付金，包括印花税在内，是一千镑"，"我这个人，并不是一心在钱上打主意的那号人。但是约金士先生在这些问题上有他自己的看法，而我不能不尊重约金士先生的意见。简单地说吧，约金士先生认为一千镑还太少呢。"</u>

"我想，先生，"我仍然想给我姨婆省几个钱，所以说道，"这里没有这种规矩吧，比如说，一个学徒特别能干，对于这一行特别精通，在他学徒期的后几年，可以给他点——"

"没有这个规矩。"斯本罗先生不等我说出"薪金"两个字，就对我说道。"但是，约金士先生那里是说不通的。"

一切手续都办好以后，我和姨婆回到了林肯博士院广场的公寓里。

"我在这里住了将近一个星期，无时无刻不在考虑这个问题，我亲爱的！"姨婆说道，"大卫，<u>阿德尔菲有一小套家具齐全的律师公寓出租，我想这一定非常适合你的心意。</u>"

我姨婆说话时，从口袋里掏出了一片她从报纸上仔细剪下来的关于这套公寓出租的广告。我们按照广告上说的地址，来到了那所公寓。这套房间在那所房子的顶层，家具虽然有些陈旧，不过给我使用也还过得去。而我姨婆看我对这地方很满意，便很快就和房东太太谈好了租价。房东太太将提供铺盖，供应膳食。

回去的路上，姨婆告诉我说，她坚信我将要过的这种生活一定会使我变得坚强和自信，而我所欠缺的正是这两种品格。我给艾妮斯写了一封很长的信，谈到了取衣物和书籍的打算，也讲述了我在度假期间的活动。信由我姨婆带去，因为她第二天就要走。

在这新的环境里，我感到一切都是那样的美好。只是在黑夜降临之后，我想念艾妮斯。

就在我搬到这新居里的第三天的早晨，斯提福兹闯了进来。我带他参观了整个套房，他给予了高度评价。我让他在这里吃早餐，他坚决不肯，说是有两个朋友正在等他一块儿共进早餐呢，并且他还邀请我晚上和他们一起吃晚餐。我邀请斯提福兹晚上带着他的两位朋友一块儿来这里聚会，斯提福兹非常高兴地答应下来。

下午六点钟，斯提福兹带着他的两个朋友准时赶来了。我们的宴会在欢乐的气氛中开始了。大家谈笑风生，猛劲地喝酒。

斯提福兹对我说道："我们去看戏吧，科波菲尔！"我不知道我们是怎样走到戏院里去的，更不知道是怎样坐到了女客们的包厢里。我落座的时候，不知道说了一句什么话，我周围的人立即喊道："不要吵！"女人们向我投射来愤怒的目光，还有艾妮斯，同我不认识的一个女人和一个男人坐在我的前面，在同一个包厢里。我看见她的脸含着深刻的惋惜和惊奇转向我。

【交代说明】通过交代我在新环境中生活的美好与夜晚对艾妮斯的思念，为下文尴尬邂逅艾妮斯做了铺垫。

【神态描写】通过描写众人和艾妮斯对我酒后在戏院吵闹行为的态度，显示出众人对我行为的不满以及艾妮斯对我的惊讶。

"艾妮斯！"我含糊不清地说道，"哎呀！艾妮斯！"

"嘘！不要出声！"她说，"你打搅了观众。看台上吧！"

我遵照她的吩咐，但是却一点儿也做不到。我慢慢地把目光又移向了她，只见她蜷缩在座位上，把戴手套的手放在前额上。

"艾妮斯！你是不是不大舒服？"我问道。

"是的，是的。不要关心我吧，科波菲尔，"她回答道。"听戏吧！你马上就要走了吧？"

"我马上就要走了？"我重复道。

"是的。"

我想回答说，我要等在这里以便扶她下楼。她仔细看过我一小会儿以后，似乎明白了，于是低声回答道：

"假如我告诉你，我非常诚恳地求你，我知道，你会顺从我的请求的。现在走吧，科波菲尔，为了我的缘故，请你的朋友们把你送回家去吧。"

我虽然生她的气，却也觉得害羞，站起来，走出去了。他们跟随着我，进入我的卧室时，只有斯提福兹陪伴着我。

这一夜我不知道是怎么过来的，只是醒来时感觉到浑身难受，口干舌燥，头痛欲裂。

第二天我清醒过来时，回忆起昨晚我所能想起来的一些情景，我心中的痛楚更是难以诉说。我双手捧着涨痛的脑袋，在屋子里呆呆地坐了一整天。

第二天早晨，我收到了艾妮斯托人送来的一封短信，她要求我到她现在住的地方去找她。她住在她父亲的一个朋友的家里。她看上去是那样的安静、那样的和蔼，使我那么强烈地想起我在坎特布雷那段清新活泼的学校生活，

名词解释
【语言描写】艾妮斯对大卫诉说的请求，显示出艾妮斯对大卫行为的一丝埋怨和心疼的感情。

延伸思考
【状态描写】通过介绍我在屋子里呆坐了一整天的状态，流露出我对自己昨晚醉酒行为的尴尬与后悔。

以及前一夜我那可怜相，我情不自禁地哭了起来。

"如果当时看见我的是别人，而不是你，艾妮斯，那我就绝不会再这么在意了。可看见我的偏偏又是你！一开始我真恨不得死了才好！"

"坐下吧，不要烦恼，科波菲尔。假如你不能认真地信任我，你还能信任谁呢？"

"啊，艾妮斯！你是我的吉神！永远的吉神！"

"假如我真是你的吉神的话，科波菲尔，那就有一件我非常想做的事了。"她说道。

"我想警告你，"艾妮斯坚定地看了我一眼说道，"提防你的凶神。"

"我亲爱的艾妮斯，"我开始说道，"假如你指的是斯提福兹——"

"我指的正是他，科波菲尔。"她接下去说道。

"那么，艾妮斯，你太冤枉他了。难道他是我的凶神！我亲爱的艾妮斯！那么，仅从你前一天晚上见到我的情况来判断他，那是不是有些不公平？再说，这样的判断也不像你的为人呀？"

"我不是从我前一天晚上看到你的情况来判断他。"她安静地回答说。

"从许多事上——这些事的本身是细微的，但是把它们综合在一起来看，我觉得它们就不那么细微了。我判断他，一部分是由于你谈到他的一些情况，科波菲尔，一部分是由于你的性格，一部分也由于他在你身上的影响。"

当她停止说话的时候，我觉得斯提福兹的影子，渐渐地有些黯淡下去。

"我并不是不近情理到希望你马上会，或者能改变那些已经成为你的一种信仰的任何情感，尤其不希望你马上

延伸思考
【对话描写】艾妮斯与大卫之间的对话，表达了艾妮斯作为旁观者对斯提福兹人品的中肯的评价。

名词解释
【心理描写】通过描写我内心的细微变化，显示出我被艾妮斯对斯提福兹的评价所打动。

会，我只请求你，科波菲尔，假如你有时想到我——我是说时时想到我——想一想我说过的话吧。你肯原谅我说的这一切吗？"

"一定得等到你对斯提福兹说了公道话并且像我喜欢他的时候，艾妮斯，"我回答道，"我才肯原谅你呢。"

"不到那时候就不肯吗？"艾妮斯说。

"到什么时候，艾妮斯，"我说道，"你才能原谅我前一天晚上的行为呢？"

"到我记起来的时候。"艾妮斯说道。随后，她又问我是否见到过尤利亚。

"尤利亚·希普？"我说道，"没有。他在伦敦吗？"

"他每天都到这座楼下的事务所，他比我早一个星期来到伦敦。"艾妮斯回答说，"恐怕他是来办什么不好的事呢，科波菲尔。"

"干一种使你感到不安的事，艾妮斯，我想知道那会是什么事呢？"

艾妮斯看着我说道：

"我相信，他就要跟爸爸合伙办事务所了。"

"什么？尤利亚？那个卑鄙的摇尾乞怜的小人，他竟然钻营到那么高的地位了吗？"我愤慨地叫道。"艾妮斯，你应当在还来得及的情况下劝阻你的爸爸不要这样做。"

艾妮斯摇摇头回答道：

"你还记得我们上次关于爸爸的那次谈话吗？在那以后不久，至多不过两三天，他就把我告诉你的事对我做了第一次的暗示。他一方面想对我装出这是由他做主的样子，一方面却又掩饰不住他那样做是受人强迫的。"

"强迫他，艾妮斯！谁强迫他？"

"尤利亚，"她迟疑了一下回答说，"已经造成了爸爸

延伸思考
【对话描写】
通过描写艾妮斯与大卫之间的对话，表达了艾妮斯对尤利亚行为的担心与不安。

延伸思考
【语言描写】
通过描写大卫听到关于尤利亚的消息时的反应，显示出大卫对尤利亚的愤怒与不满。

离不开他的局面。他这个人阴险奸诈，无孔不入。他已经抓住爸爸的弱点，先使它滋长，然后加以利用，直到爸爸怕了他为止。他挟制爸爸的能力是很大的。他口口声声说他自己是如何的卑贱低下，但是他实际上是处在有权力的地位，我恐怕他是要拼命运用他的权力呢。"

"就在爸爸跟我说这件事的时候，他对爸爸说他要辞职，并且说，他要离开这儿，当然很难过，很不情愿，但是辞了这儿的工作，他会有更好的前途。"艾妮斯继续说道，"那时候爸爸神情沮丧。但当他听到希普要跟他合伙的建议时，似乎松了一口气，但与此同时，又因万般无奈不得不俯就这种权宜之计而感到伤心和羞愧。"

"你是怎样对待这件事的，艾妮斯？"

"我只不过是按照我所希望是正确的那样做罢了，科波菲尔。我觉得，为了爸爸的平安，是非要做出这样的牺牲不可的，所以我只好劝他去做了。我说，这样可以减轻他生活的负担这样可以给我更多陪伴他的机会。噢，科波菲尔！我几乎觉得，我好像不但不是疼爱我爸爸的孩子，倒是他的敌人。因为我知道他是怎样由于一心一意疼爱我，才变得与从前判若两人的。我知道，他是怎样由于一心专注在我身上从而缩小了他的交往和业务范围的。我知道，为了我的缘故，他把许许多多的事情都置之度外了，他对我的忧虑给他的生活蒙上了一层阴影，他为我忧思惊恐，耗尽了他的体能和精力。我不知不觉中成为他衰老的原因，假如我能够尽我所能使他恢复原来的精神面貌，那该多好呀！"

我从来没见过她像现在这样的悲哀。这情景使我感到是那么的难过，我说道："求你啦，艾妮斯，不要哭！我亲爱的妹妹，你不要哭！"

名词解释

【语言描写】通过介绍艾妮斯对尤利亚人品和行为的看法，表达了艾妮斯对尤利亚的厌恶与憎恨。

延伸思考

【语言描写】通过艾妮斯解释爸爸为何会被尤利亚利用的诸多原因，显示出艾妮斯对爸爸深深的愧疚以及对爸爸的心疼。

"我们单独在一起的时候不可能太多了，趁现在这个机会，让我恳切地求你，科波菲尔，跟尤利亚保持友好的态度，不要憎恶他。"艾妮斯说，"因为我们还不知道他究竟有些什么样的邪恶行径。不管怎么说，凡事你都要先替我爸爸和我着想。"

艾妮斯没有时间多说了，因为房门开了，这家的主妇走了进来。我不得不辞别艾妮斯了，我让她转达我对她父亲的问候，并说我会很快抽出时间去坎特布雷看望她和她的父亲。

第二天当我散步时，看见了迎面走过来的尤利亚·希普。他看上去似乎很得意，苍白的脸上露出一种狰狞、可怕的微笑。

我想起艾妮斯对我所说的话，因而我压抑着心中对他的厌恶。我问他肯不肯来我的寓所，喝一杯咖啡。

"噢，真的，科波菲尔少爷，我请您原谅，科波菲尔先生，不过'少爷'这个称呼来得顺口——我不希望勉强您邀请像我这样卑贱的人到您的住处呵。"

"我请你喝杯咖啡，谈不上什么勉强，你来好吗？"

"我非常喜欢去。"尤利亚扭了扭身子回答道。

"得，那么就来吧！"我说道。

我把他领到我的房间。

"哦，说真的，科波菲尔少爷——我的意思是说科波菲尔先生，眼看您这样招待我，这可是我从来不敢想的事呀！不过，我也不知道是怎么搞的，我竟遇到了很多过去我想也不敢想的事。真像在我头顶上下着幸福雨似的。我猜，您可能已经听到一点儿关于我升迁的消息了吧，科波菲尔先生？"

他坐在沙发上，那双没有眼睫毛的红眼睛时不时地斜视我一下。

"我猜，您一定听到一点儿关于我升迁的消息了吧，科波菲尔先生？"尤利亚又重复说道。

"是的，我听说到一点儿。"

"啊！我早就想到艾妮斯小姐会知道这件事的！"他平静地接着说道，"我很高兴地知道艾妮斯小姐知道了这件事。哦，谢谢您，科波菲尔少爷——先生！"

他用圈套使我泄露了关于艾妮斯的事。然而我仍然不动声色，依旧喝着咖啡。

"你已经表明你是一个多么灵验的预言家，科波菲尔先生！你不记得有一次你对我说，或许我要跟威克菲尔先生合伙共事，或许要有一个威克菲尔——希普事务所吗？你或许不记得了。不过当一个人卑贱时，科波菲尔先生，这个人把这些话会牢记不忘呢！"

"我记得我是这样说过，不过我那时候并不以为有多少可能呢。"

"噢！谁会以为可能呢，科波菲尔先生！我相信我当时并不在意这事，我记得我亲口说过，我是太卑贱了。"

"但是最卑贱的人们，科波菲尔少爷，或许是好助手呢。我想起来很高兴，我做过威克菲尔先生的助手，或许能做得更好。哦，他是一个多么可敬的人，不过他过去是多么疏忽呀！"

"我听了觉得很遗憾，无论从哪个方面来看，都非常遗憾。"

"的确是如此，科波菲尔先生，无论是从什么方面看。尤其是从艾妮斯小姐那方面看，更是遗憾。你不记得你自己那些很动人的话了，科波菲尔少爷，可是我记得，你有一天说过，每个人都得赞美她，我还为了这个谢你

延伸思考
【语言描写】尤利亚看似无意的提问，实则隐藏着他想向我打探艾妮斯小姐是否知道此事，可见尤利亚的阴险狡诈。

延伸思考
【语言描写】尤利亚的话语描写，流露出他对自我能力的赞赏，也显示出他自称为卑贱的人但内心却居心叵测的口是心非。

呢！我相信你已经忘记了吧，科波菲尔先生？"

"没有忘记。"我冷淡地回答道。

"噢，我是多么高兴，你没有忘记！"尤利亚叫道。"想一下，你是在我这卑贱的胸中燃起希望的火花的第一个，而你并没有忘记！噢！——你肯再赏给我一杯咖啡吗？"

"依你说，威克菲尔先生，"我终于说道，"抵得上五百个你——或我——的威克菲尔先生，过去是疏忽的，是不是，希普先生？"

"噢，当然很疏忽，科波菲尔少爷，噢，非常的疏忽！不过我愿意你叫我尤利亚，假如你高兴的话。那就又跟从前一样了。"

"好吧！那我就叫你尤利亚。"

"谢谢你！"他装着热情的样子答应道，"谢谢你，科波菲尔少爷！听你说尤利亚，就好像听旧日的风声或钟声。我请你原谅。我刚才说什么了呀？"

"关于威克菲尔先生的。"我提醒他道。

"哦，是的，不错，"尤利亚说道，"大大的疏忽，科波菲尔少爷。这是一个除了你以外我不跟任何人提到的话题。即使你，我也只是提一下就完了，不能再说下去了。这几年若是换个别人处在我的地位上，他就要把威克菲尔先生按在他的大拇指下了。"

"科波菲尔少爷，从你第一次跟我谈话的时候起，我已经从我那卑贱的地位上升，但是我依然是卑贱的。假如我对你谈一些心腹话，你不会更觉得我卑贱吧，科波菲尔少爷？"

"不会。"我勉强说道。

"谢谢你！艾妮斯小姐，科波菲尔少爷，你觉得她的样子很漂亮吧？"

"非常漂亮！"我回答道。

"哦，谢谢你！一点儿也不假！"他叫道，"哦，多谢，多谢！"

"完全没必要，"我傲慢地说道，"你根本就没有谢我的理由呀。"

"嘿，科波菲尔少爷，这正是我胆敢对你说的心腹话。虽然我是这样卑贱，虽然我母亲是这样卑贱，虽然我们家是那样的一穷二白，但是艾妮斯小姐的形象却早已深深地刻印在我的心上了。哦，科波菲尔少爷，你是不知道呵，我是怀着多么纯洁的爱情爱我的艾妮斯曾经走过的每一寸地面呀！"

我问他是否把他的感情对艾妮斯表白过。

"哦，没有，科波菲尔少爷！除了你以外，我没有对任何人表白过。要是你肯替我保守这个秘密，科波菲尔少爷，一般情况下，并不反对我，那我就要把你看作我的大恩人了。我知道你的心地多么仁慈，你不会希望惹麻烦的。但是，因为你是在我卑贱的时候认识我的，你会在我的心上人艾妮斯面前反对我，也无可厚非。你看，科波菲尔少爷，我把她唤做我的心上人。有一首歌上说，'宁愿舍皇冠，唤她做我的！'我希望将来有一天，我能做到这一点呢。"

尤利亚继续说道：

"目前还不用太忙，你知道，科波菲尔少爷，我的艾妮斯还很年轻呢；我母亲和我也还得向上爬。所以我会创造很多机会使她慢慢地领会我的希望。哦，我为了这件秘密非常感激你！我知道你虽了解内情，但绝对不会反对我，因为你一定不愿意在那个家庭中惹麻烦的。我是多么地放心哪！"

他看他的怀表。"哎呀！都过了一点啦。在叙旧的时候，时光过得快极了。科波菲尔少爷，我该回家了。"

于是，我把尤利亚送到马路上。我永远不会忘记那一夜。

名｜家｜点｜评

　　大卫接受了姨婆的建议和帮助，进入了斯本罗先生的律师事务所进行实习。在新环境中愉快工作的大卫与斯提福兹聚会酒醉后偶遇了艾妮斯，在后来向艾妮斯道歉时知道了关于尤利亚升迁的事，并与尤利亚进行了一次对话。

拓展训练

1. 姨婆为了大卫从事律师职业的事情，提供了哪些帮助？

2. 大卫醉酒后在戏院里偶遇了谁？

3. 通过大卫与尤利亚的对话，我们了解到尤利亚对艾妮斯有何企图？

十、我陷入了情网

不知不觉地我在事务所已经有一年了。经常旁听一些案件，我开始对一些比较复杂案例的细节有所认识。斯本罗先生对我很好。他的太太已经去世，他唯一的女儿在巴黎念书。斯本罗先生就住在伦敦城郊诺乌德的一所乡间别墅里。

一个星期六的上午，斯本罗先生邀请我去他的家中度周末。因为他的女儿从巴黎受完教育刚刚回来，他邀请了一些朋友为女儿举办一个欢迎宴会。斯本罗先生的四轮马车把我带到了他的住宅。

我们走进灯火辉煌的住宅。"朵拉小姐在哪里？"斯本罗先生对仆人说道。

"朵拉！"我心想，"多么美的名字呀！"我们走进一个房间，我听见一个声音说，"科波菲尔先生，这就是我的女儿朵拉，这位是我女儿朵拉的密友！"那个声音，毫无疑问是斯本罗先生的，可我竟没听出来那是谁的，我也不关心那是谁的了。刹那之间一切都过去了。我已经应验了我的命运。我是一个俘虏、一个奴隶了。我爱朵拉·斯本罗爱得失神落魄！

"我，"当我鞠过躬哼过一句什么时，一个很熟悉的声音说道，"以前已经见过科波菲尔先生了。"

说话的人不是朵拉，而是朵拉的密友——摩德斯通小姐。

【交代说明】
通过交代说明朵拉的密友居然是可恶的摩德斯通小姐，使得文章的情节发展富有戏剧性。

在这里见到她，我并未大吃一惊。我除了对朵拉感到吃惊外，别的一切都已微不足道了。我说："你好啊，摩德斯通小姐！我希望你很好。"她回答说："很好。"我说道："摩德斯通先生好吗？"她回答道："舍弟是健壮的，我谢谢你。"

斯本罗先生他插了一句。

"科波菲尔，见你和摩德斯通小姐早已认识，我很高兴。"

"科波菲尔先生和我，是亲戚。我们曾一度有些交往，那是在他的童年。自那以后，事过境迁，我们就各奔东西了。我刚才几乎认不出他来了。"

【语言描写】
摩德斯通小姐对斯本罗先生轻描淡写地解释她与大卫之间的关系。

"承蒙摩德斯通小姐的好意，"斯本罗先生对我说道，"接受了做小女朵拉密友的职务——如果我可以这样说的话。小女朵拉不幸丧母，多亏摩德斯通小姐一片好心，来做她的伴侣和保护人。"

正在这时，我听到一声铃响。斯本罗先生说，这是第一次晚餐铃。

在那种恋爱心情下，我只坐在火炉前，想那迷人的、稚气的、眼睛明亮的、可爱的朵拉了。

铃声又响了，我便匆忙下了楼。那里已经有了一些客人。朵拉正与一个鬓发斑白的老先生谈话。我不记得有其他的人在座，只记得朵拉。

当我们走进客厅时，摩德斯通小姐又引起我的忧虑。

"大卫·科波菲尔，过来，跟你说句话。"

"大卫·科波菲尔，我不需要多谈家务事，那不是什么使人喜欢的话题。"

"是的，你说得完全正确。"

"我不想隐瞒这样的事实。在你的童年，我对于你有一种不满意的看法。这看法或许是错误的，你或许现在已经改好了。现在，这已不是咱们之间所要谈的问题了。我可以对你有我的看法，你也可以对我有你的看法。不过，这两种看法没有必要在这里发生冲突。在目前情况下，从各个方面考虑，还是以不发生冲突为好。既然事有凑巧，我们在这里不期而遇，或许将来在别的场合我们还会有相遇的机会，那我建议，咱们在这儿，就以远亲相待好啦。咱们的家务情况使我们只好以这种关系相处，双方都没有必要把对方作为谈话的题目。你赞成我所说的这些话吗？"

"摩德斯通小姐，我认为，你和摩德斯通先生对我太残酷了，对待我母亲太不仁慈了。我只要活一天，这种看法就不会改变。不过，我赞成你的建议。"

那天晚上以后的情况，我只知道我心上的皇后一边弹着六弦琴，一边用法语唱起迷人的歌曲只记得摩德斯通小姐把她带往卧室去的时候，她冲我嫣然一笑，把她那酥软柔嫩的小手伸给我。只记得我在镜子里看了自己一眼，完全是一副痴呆、疯傻的样子。

第二天早晨我来到花园散步。我刚走了几步，迎面碰上了朵拉，她牵着那条名叫"吉普"的小狗也在散步。

"你——出来得真早啊，斯本罗小姐。"我说道。

"在家里待着实在无聊，"她回答说，"摩德斯通小姐又是那么不通情理！她胡说什么要等天气干一干，干一干！”

"再说，一天中最清爽明朗的时刻就在于早晨嘛。你不这样认为吗？"我说。

"你这是一种客套呢？"朵拉说道，"还是天气真变了呢？"

我结结巴巴地回答说，"这不是客套，是明明白白的事实，虽然我没感觉出天气有过什么变化。"我羞怯地补充了一句话来帮助说明："这变化是在我自己的情感状态上。"

"你刚从巴黎回来吧？"我问道。

"是的。"她回答说。

"你跟摩德斯通小姐并不是很亲密，是不是？"

"是的，一点儿也不亲密。"我回答说。

"她是一个讨厌的人，"朵拉撅着嘴说道。"我真想不透，爸爸挑选这样一个恼人的东西做我的陪伴是什么意思。吉普可以保护我，比摩德斯通小姐好得多——是不是，吉普，亲爱的？"

当她吻它那圆球一般的头时，它只懒懒地眨着眼睛。

"爸爸把她叫做我的密友，但是我敢断言，她不是那种东西——是不是，吉普？我们不会信任那种性情乖戾的人，吉普和我，我们喜欢信任谁就信任谁，我们要寻找我们自己的朋友，我们不要他们替我们寻找。是不是，吉普？"

摩德斯通小姐一直在找我们。她在这里找到我们，于是率领着我们去用早餐。

我们安安静静地度过了一天。没有其他客人，只有一次散步，一顿四个人的家庭晚餐，一个浏览书画的晚上。

我们在星期一的清晨就动身回伦敦了，因为我们要赶回去参加法庭一宗案件的审理工作。

延伸思考
【语言描写】大卫对自己话语的补充说明，流露出他对想表达是因为爱恋朵拉而感觉天气清爽的缘故。

延伸思考
【语言描写】通过描写朵拉的语言，显示出她对摩德斯通小姐的讨厌以及爸爸挑选摩德斯通小姐来陪伴的不满。

名词解释

【解释说明】
通过解释我为何
在女子用品商店
前徘徊的原因，
流露出我对朵拉
深深的暗恋和
思念。

延伸思考

【语言描写】
特拉德尔对大卫
所说的话，显示
出他不为目前的
困境所困扰，坚
信会越来越好的
自信和抱负。

我每时每刻都在想念着朵拉。在我的心目中，这个世界上除了朵拉似乎一切东西都已经不存在了。

一天，我在伦敦一家女子用品商店的门前徘徊着，希望能看到朵拉从这家商店里走出来。这时，我竟意外地碰见了我在萨伦寄宿学校的老同学——汤姆·特拉德尔。他住在伦敦城内，也跟我一样在学做律师。我们约定了我去拜访他的时间。

第二天下午，我如约来到了特拉德尔的住处。他见了我很开心，怀着很大的诚意把我欢迎进他的小卧室。

"特拉德尔，我看到你实在很开心。"

"我看到你也很开心，科波菲尔，"他说道。"你看，我虽然现在穷得一无所有，但是我相信将来一切都会改变的，在我成为一个正式律师之后。"

"我记得你在学校里的时候，不是由一个叔父抚养吗？"我问道。

"是的。不过，在我离开学校以后不久他就死去了。"特拉德尔回答道。

"真的？"

"真的。他是一个歇了业的绸布商人，他后娶的老婆一点儿也不喜欢我。叔父死后，她便把我打发到社会上去，我不得不靠做几份工作来维持生活并支付学费。我应当让你知道，科波菲尔，"特拉德尔继续说道，"因为你是我的好朋友，我一定要告诉你，我已经订婚了！"

"什么？你已经订婚了？"我惊喜地握住他的手问道。

"是的。她是一个牧师的女儿，住在德文。"

我向他连声道喜，但心里却想着朵拉。

"你们很快就要结婚吗？"我问道。

"不，我们必须要等一段时间。因为她家里也很穷，所以我们一定得等到攒够钱的时候。总而言之，我搭楼下那家人的伙食，他们实在是令人满意的人们。密考伯先生和太太都有过很多的人生经验，是我极好的同伴。"

"我亲爱的特拉德尔！"我赶快叫道。"你在说什么？你刚才说的是密考伯先生和密考伯太太？"

"是呀，一点儿不错！"

"我早就认识他们！"我高兴地说道。

这时，门被敲响了两下。我很熟悉这敲门的节奏，密考伯先生他带着一种上流人和青年人的神气走了进来。

密考伯先生与我面对面地站在那里，但他却一点儿也没有认出我来。不过，这时他看到我不住地微笑，他便注意起我来，突然他后退一步大叫道："这是可能的吗？我有再见科波菲尔的缘分吗？"然后，他怀着绝顶的热情，立刻握起我的双手。

"哎呀，特拉德尔先生！想不到你竟也认识我过去这么多年的朋友！"密考伯先生显然有些激动，他从楼栏杆处向下面喊道，"特拉德尔先生寓所中有一位先生，他愿意把他介绍给你，我的爱人！"

密考伯先生立刻转过身来，又和我紧紧地握手。

"我们坎特布雷的诸位朋友都好吗，科波菲尔？"密考伯先生说。

"他们都很好。"我说道。

"我听了十分开心。"密考伯先生说道。

密考伯太太进来了。因为身体不太好的密考伯太太，激动得非常厉害，密考伯先生端了一盆凉水来洗她的额头。过了一会儿，密考伯太太恢复过来。我问到密考伯先生现在从事何种工作时，他心情沉重地对我说道：

"科波菲尔，你应当知道，我现在仍然没有任何转机。我现在从事替人家代销粮食的业务，从中提取一点儿佣金。这实际上是一种很不合算的赔钱买卖。我们家目前出现的临时经济困难，就是做这生意的结果。我们已买不起食物，甚至买不起水。我觉得这一生很对不起我亲爱的太太，或许当初我不求她嫁给我就好了。"

"密考伯！"密考伯太太哭着叫道，"不，不要这样说！你知道我爱你，我一切都能忍受。我不会抛弃你，我永远都不会抛弃你，密考伯！"

"我的爱人！"密考伯先生非常感动地说道。随后，他们夫妇紧紧地拥抱在一起痛哭起来。不过，只几分钟后，他们便都停止了哭泣，恢复了平静的情绪。

在与他们告辞的时候，我故意让特拉德尔陪我多走了一段路程。

"特拉德尔，密考伯先生不是个坏人，很可怜。不过，假如我是你的话，我不愿意借钱给他。因为他如今已经是债台高筑了。"我担心老实善良的特拉德尔卷入到密考伯先生的债务纠纷中去，所以这样劝他。

"亲爱的科波菲尔，我非常感激你，不过，我已经借给他一些钱了。"

"我希望将来不会出错。"我说。

"我也希望不会。"特拉德尔说道。

当我回到我的寓所时，发现斯提福兹正在那儿等我。

"喂！我亲爱的科波菲尔，有什么吃的没有？我要大吃一顿，因为我是从雅茅斯来的。"

"我还以为你是从牛津来的呢。"我接下去说道。

"不，"斯提福兹说道，"我去航海来着——那更有意思。"

延伸思考
【语言描写】
密考伯太太对密考伯先生所说的话，流露出她对密考伯先生深深的、不悔的爱与坚守。

延伸思考
【设置悬念】
大卫为何故意让特拉德尔多走一段路程？此处设置悬念，引出下文对话。

于是我拿出来一些吃的东西，他狼吞虎咽地吃了起来。

"喂，斯提福兹，你在雅茅斯住的时间长吗？快把那里所有的情况都告诉我！只要是你知道的。"

"不长，在那里就浪荡了一个星期。"

"他们都好吗？当然，爱弥丽还没结婚吧？"

"还没有。不过，也快了。我相信在几个星期内或者几个月内，总是要结的。哦，想起来了，"他放下手中的餐具，开始摸索他的衣袋，"我给你带回来一封信。"

"谁写的？"

"哈，你的老保姆写的，"斯提福兹说道，"好像那个老什么的情况不是太好，信中是谈这个的，我相信一定是。"

"你是说巴吉斯吗？"

"对了！"他掏出一封信交给我说道，"我在那里碰到一个医生，他说那个马车夫正在很快地走完他最后的旅程。"

信是辟果提写的，信中谈到她丈夫绝望的状况，说他不舍得花钱治病，因此使他的病情越来越严重。于是我便对他说道：

"我告诉你，斯提福兹，我明天必须要去雅茅斯探望巴吉斯夫妇。"

他脸上显出一种担心的表情，他坐在那里，考虑过一会儿后，才用一种低声回答我说：

"得！去吧。你是不会碍事的。本来我这次来是邀请你去我们家玩几天的，可你偏偏要飞去雅茅斯了！"

"斯提福兹，你自己常常从事没有人知道的东奔西跑，却来说我偏偏飞去呢！"

他看了我一会儿，站起来伸一只手放在我肩头上摇了我几下说道：

"雏菊——我最喜欢这样称呼你，假如我要是你该有多好啊！请记住：假如有什么事一旦使我们隔绝，你应当想念我最好的一面，可爱的大孩子。喂！让我们这样约定。假如环境一旦把我们分开，请你想念我最好的一面！"

"在我的眼中，斯提福兹，你没有最好的一面，也没有最坏的一面。你在我心中永远受到同等的爱慕和尊重。"

他要回家。我把他送到门前大道上。

"上帝保佑你，雏菊，再见！"斯提福兹握住我的手微笑说道。

这是我最后一次握他的手，最后一次看到他的笑脸，如今我再也不能握他的手，再也见不到他的笑脸了。

第二天我对斯本罗先生说，我要请一个事假。我趁此机会问斯本罗小姐好。

我晚上到达雅茅斯，怀着一种严肃的感情来到巴吉斯先生的住宅门前。辟果提大伯把门打开了，我和他紧紧地握过手，他把我领进厨房，然后轻轻把门关上。爱弥丽双手捂住脸坐在火炉旁轻声哭泣着，海穆站在她的身边。我上楼后看到巴吉斯先生时，他以一种很不舒服的姿态躺在那里，头和肩伸出床外，靠在他常放在马车上的那个箱子上。

"巴吉斯，我亲爱的！"辟果提俯在他的面前说道。"我亲爱的孩子来了，把我们联结在一起的我亲爱的孩子大卫少爷来了，巴吉斯！替你传信的人哪，你知道！你不跟大卫少爷说一说话吗？"

他依然像那个箱子一样没有任何反应。

延伸思考
【对话描写】通过大卫与辟果提大伯之间的对话描写，流露出他们对巴基斯即将去世的伤心之情。

"他就要跟潮水一道去了。"辟果提大伯对我说道。

我的眼睛模糊了，辟果提大伯的眼睛模糊了，但是我低声重复道："跟潮水一道？"

"沿海的人们，"辟果提大伯说道，"不到潮水快要退尽时是不会死去的。不到潮水快要涨满时不会生——在满潮以前生不出。三点半退潮，平潮半个钟头。假如他活到潮水再涨的时候，他就能活过满潮，然后跟下一次的潮水一同去。"

我们留在那里守候他，守了很久——好几个钟头。他终于开始微弱地说胡话时，他所说的是关于送我去学校的事。

"他醒过来了。"辟果提说道。

辟果提大伯碰一碰我，低声说道："他快要跟潮水一道去了。"

"巴吉斯，我亲爱的！"辟果提说道。

"克——辟——巴——吉斯，"他微弱地说起话来，"天下——没有比——她更好的——女人了！"

延伸思考
【语言描写】巴基斯先生弥留之际的话语，流露出他对妻子辟果提深深的爱。

"看！大卫少爷来了！"辟果提说道。因为他现在睁开眼了。

我正要问他认不认得我时，他动了动胳膊，并且带着欣慰的笑容，清清楚楚地对我说道：

"巴吉斯——很愿意！"

正是退潮的时候，他跟潮水一道去了。

我留下来帮助辟果提处理巴吉斯先生的后事。

在巴吉斯先生的遗嘱中，他的现款几乎达到三千镑。他把其中一千镑的利息给辟果提大伯做养老金；在他死后，本金由辟果提、爱弥丽和我来平分，或由我们中间的后死者来分。他把其他所有的遗产都交给辟果提继承，他指定辟果提做他的遗产继承者和处理身后财产的遗嘱唯一执行者。这样，辟果提今后的生活有了保障。

在安葬巴吉斯先生之前的一个星期内，我帮助辟果提按照遗嘱清算她所继承的全部财产，把全部事务做了有条有理的安排，并在每一个问题上做她的代表和顾问。

葬礼的前一天，我们已经决定，在举行葬礼后的第二天，我的老保姆和我一道去伦敦，办理遗嘱事宜。我们那一夜都要在那所老船屋里聚齐。葬礼结束后，辟果提和她哥哥先回雅茅斯了，我则暂时留下来在我家破旧的老住宅周围徘徊了好大一阵子。当我到达雅茅斯时，已经是晚上了。

我走进了船屋，除了海穆和爱弥丽还没有回来，其他的人都在屋里。

"你是第一个回来，大卫少爷！你的外衣湿了吧，少爷，快脱下它吧。"

"谢谢您，辟果提大伯，"我一边把外衣脱下挂起来，一边说道，"很干呢。"

"真的！干得很呢！请坐吧，少爷。对你说欢迎的话是用不着的，不过，我们诚心诚意地欢迎你。"

"谢谢您，辟果提大伯，我很相信您的话。喂，辟果提！"我一面吻她，一面说道，"您好吗，老妈妈？"然后，我又向古米治太太问好。

辟果提大伯看了一眼那个荷兰钟，站起身来，剪掉烛花，把蜡烛放在窗台上。

"你不明白这是为什么，少爷！嘿，这是为我们的小爱弥丽呀。你知道，天黑以后，这条小路不太好走。所以

名词解释
【交代说明】
通过交代说明葬礼后的事宜安排，为下文我与辟果提去伦敦做了铺垫。

延伸思考
【交代说明】
此处交代海穆与爱弥丽还没回来，为下文中海穆单独回来并交代斯提福兹骗走爱弥丽的事情埋下伏笔。

当我在家的时候，到她该回家的时间，我就把灯放在窗台上。这样，就可以达到两种目的。爱弥丽看到它就要说啦，'总算到家啦！'她还要说'我舅舅在家里呢！'因为我不在家时，这蜡烛就不会在窗台上。"

回来的只有海穆。

"爱弥丽在哪里呀？"辟果提大伯问他道。

海穆说道：

"大卫少爷，你可以出来一会儿，看一看爱弥丽和我要给你看的东西吗？"

我们出来了。他匆匆忙忙地把我推到门外，关上门。只留下我们两个。

"海穆！什么事呀？"

"大卫少爷！"——哦，他哭了！

我被那悲惨的境况弄瘫痪了。

"海穆！可怜的好人！千万告诉我，这是什么事？"

"我的爱人，大卫少爷——我情愿为她死的那个人——她已经走了！"

"走了？"

"爱弥丽已经逃走了！噢，大卫少爷，想一想她是怎样逃走的，我但愿仁慈的上帝在她遭遇毁灭和耻辱以前就杀死她吧！"

"你是一个有学问的人，"他匆忙地说道，"你知道什么是对的，什么是最好的。在门以内，我说什么好呢？我怎样告诉他呢，大卫少爷？"

我看见门动了，于是本能地在外面握着门闩，想争取一点儿时间。可是，太晚了。辟果提大伯伸出脸来。

我记得一大阵哀哭和喊叫，女人们在他附近彷徨，我

们都站在屋内；我手里拿着海穆给我的一张纸；辟果提大伯的心撕裂了，头发散乱了，脸和嘴唇完全白了，血流到胸口上来，牢牢地在看我。

"读吧，少爷，"他用那低而颤抖的声音说道，"请慢一点儿，我不知道我能不能听懂。"

在这死一般的寂静中，我从一片黑污的纸上诵读了。

"当你（即使在我心地清白的时候，爱我远远超过我所应该得到的你）看见这封信的时候，我将去得很远了。"

"我将去得很远了，"辟果提大伯慢慢地重复道。"停下，爱弥丽去得很远了啊！"

"当我在早晨离开我那亲爱的家的时候——我那亲爱的家——噢——我那亲爱的呦——"

信上的日期是前一天晚上。

——"除非他使我以夫人的身份回来，否则，我就永远不会回来了。你将在许多钟头后的夜晚，见到这封信，但是却见不到我了。噢，但愿你知道我的心是何等难过呦。但愿受过我这么多损害的你，永远不能饶恕我的你，能知道我是何等的痛苦呦！我是有罪过了，没有多写的价值了。哦，想一想我是这么坏的一个人来安慰你自己吧。哦，千万告诉舅舅，就说我过去对他的爱，还不及我现在对他的爱的一半。哦，不要记起你们大家过去对我怎样亲爱怎样仁慈——不要记起我们将要结婚——只当我小时候就死了，在什么地方埋葬了。求我所离弃的上天怜悯我舅舅！告诉他，我以前对他所有的爱，还不及我现在爱他的一半。安慰他。爱一个能在舅舅面前代替我的好女孩，一个忠于你、配得上你、除了不知有羞辱的我以外的好女孩。上帝保佑大家！我要时常跪下为大家祈祷。假如他不使我以夫人的身份回来，我不为自己祈祷，我要为大家祈祷。把我最后的爱献给舅舅。把我最后的眼泪，最后的感谢，献给舅舅！"

在我停止诵读以后好久，辟果提大伯依然呆呆地看着我站在那里。

海穆对他说话。辟果提大伯紧紧地握起海穆的手。

慢慢地，他终于从我脸上移开他的目光，然后向四下里看。他低声说道：

"那个男的是谁？我要知道他的名字。"

海穆看了我一眼，我突然感到使我倒退的一击。

"那个可疑的男的，"辟果提大伯说道，"他是谁？"

"大卫少爷！"海穆央求道。"出去一会儿吧，让我告诉他我必须说的话。你不应当听到呢，少爷。"

我又感到一击。我颓然倒在一把椅子上，想回答一点儿什么，但是我的舌头受了束缚，我的视线模糊了。

"我要知道他的名字！"我又一次听到这句话。

"在一个星期内以来，"海穆结结巴巴地说道，"有一个绅士不时地来这一带转悠。有人看见，昨夜——他跟我们那可怜的女孩——在一起。不要留在这里，大卫少爷。你出去吧！"

我感觉到辟果提的胳膊在围着我的脖子，不过即使这所房子就要塌在我身上，我也不能动了。

"今天早晨，几乎在天亮以前，一辆奇怪的马车停在镇外通向诺维契的大道上。"海穆继续说道，"爱弥丽走向马车去，那个绅士就在马车里。他就是那个男的。"

"天哪！"辟果提大伯向后倒退着仿佛要阻拦他所怕的东西一般伸着手说道。"不要对我说，他的名字叫斯提

【名词解释】

【神态描写】通过描写辟果提大伯的神态，刻画出他依然陷在爱弥丽离去的事件中。

延伸思考

【心理描写】当海穆看了我一眼时，我内心的急剧变化，暗示出我已经猜想到那是谁了。

福兹！"

"大卫少爷，"海穆用不连贯的声音叫道，"这不是你的错——我一点儿也不责备你——不过他的名字是斯提福兹，他是一个该死的恶棍！"

辟果提大伯不发一声喊，不流一滴泪，也不再动一动，直到似乎突然又醒过来时，他拿起他的粗毛线外衣。

"帮我一把忙吧！我没有力气了，穿不上了，"他急躁地说道，"帮助我一下吧。啊！"当什么人帮助他穿上时，他说道，"把那顶帽子递给我！"

海穆问他说，他要去什么地方。

"我要去找我的外甥女。我要去找我的爱弥丽。我先要去凿穿那条船，因为我是一个活人，我一想到他的心肠，我一定要淹死他！假定他坐在我面前，"他疯狂地伸出握着的右手说道，"假定他面对面地坐在我的面前，我一定要淹死他，我想这是对的！——我要去找我的外甥女。"

"去什么地方呢？"海穆在门前拦着他叫道。

"随便什么地方！我要走遍世界去找我的外甥女。我要去找我那受了侮辱的可怜的外甥女，把她找回来。不要阻拦我！我告诉你，我要去找我的外甥女！"

"不要，不要啊！"古米治太太哭着插在他们中间叫道。"不要，不要！丹尔，像你现在这样子不行。稍等一下再去找她，我的孤苦伶仃的丹尔，那样才对呢！但是像你现在这样子不行。坐下，饶恕我一向苦恼你，丹尔——比起这个来，我那些不如意算什么！——让我们谈一谈，她是一个孤儿，海穆也是一个孤儿，我是一个可怜的寡老婆子，你把我收留进来的那些时候。这样可以使你那可怜的心变软，丹尔，"她把头枕在他的肩上说道，"可以使你比较忍受得住你的悲哀。"

辟果提大伯这时变得很柔顺了。当我听他哭时，我也哭了。

在那个悲伤的长夜里，我们大家都不曾有一点儿睡意。辟果提大伯和海穆就在那海滩上坐了一夜。

清晨，我去找他们。

"我们已经，少爷，"当我们三个默默走了一会儿时，辟果提大伯对我说道，"把我们应当做的和不应当做的谈过好多。我们现在看出我们的路子了。"

我偶然看了一眼海穆，他脸上含有坚定的决心的表情。

"我在这里的责任，少爷，"辟果提大伯说道，"已经尽了。我要去找她。那是我的永远的责任。"

当我问他去什么地方找她时，他摇了摇头，然后问我是否明天去伦敦？我告诉他，因为怕失去帮他一点儿忙的机会，我今天不走。假如他肯走时，我当然可以走。

"海穆，"他随即继续说道，"他要维持他现在的工作，跟我妹妹一块儿住下去。那边那条旧船——"

"你要抛弃那条旧船吗，辟果提先生？"我小声地插话道。

"我的岗位，大卫少爷，不再是那里了。既然海面上有黑暗，假如有任何船沉下去的话，那条船就是，不过，不是的，少爷，不是的，我并非说抛弃那条船。完全是的。"

我们又像以前那样走了一会儿，他然后解释道：

"我的愿望是，少爷，那条船，白天和黑夜，夏季和冬季，永远保持她认识它以来的样子，却要引她来得更近一点，或许，像一个鬼魂一般，从风里雨里，从那个旧窗

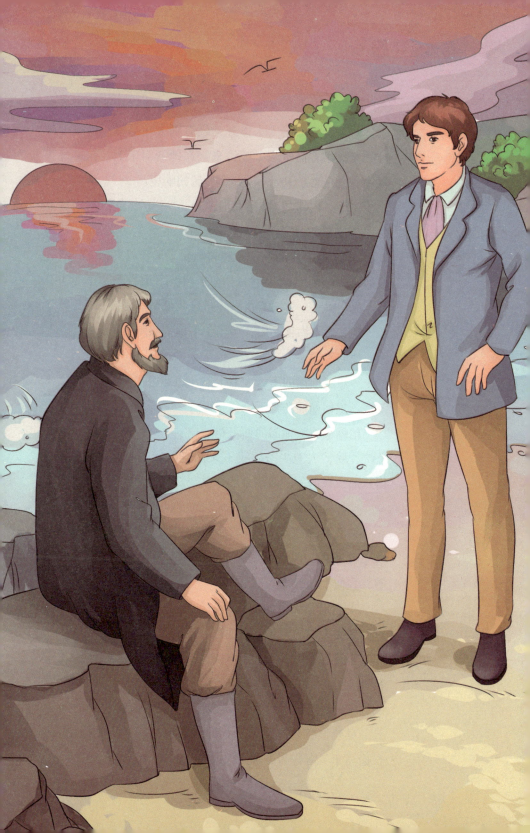

子，偷看一下火炉旁的老座位。那时，或许，大卫少爷，她看见除了古米治太太以外，没有别人在那里，她或许鼓起勇气颤抖着溜进去；或许来躺在她的旧床上，在那过去非常愉快的地方休息一下她那疲劳的脑袋。"

"每一夜，"辟果提大伯说道，"一定要坚持把蜡烛立在那个老玻璃窗台上，万一她看见它，它就好像对她说道：'回来吧，我的孩子，回来吧！'天黑以后，万一有人敲你姑妈家的门（特别是轻轻的一敲），海穆，你不要去开门。让她去——你不要去——接见我那堕落的孩子！"

我又看了海穆一眼，碰了一下他的胳膊。

他回答说：

"想我前面的事，大卫少爷，想那边。"

"想你前面的生活，你是说？"

他糊糊涂涂地向海面上指着。

"唉，大卫少爷。我不大知道是怎么一回事，我只觉得从那边来的——似乎是那个结局。"

"什么结局呀？"我怀着以前的恐惧问道。

"我不知道，"他若有所思地说道，"我想起一切都从这里开始——随后结局就来了。不过，已经完了，大卫少爷，我似乎什么都觉不出。"。

我们走到那条旧船那里，便走了进去。古米治太太接过辟果提大伯的帽子，为他摆好座位。

当我在夜晚离开船屋时，我让她来作为辟果提大伯的精神支柱，帮助他减轻痛苦。我从古米治太太身上所得到的教训，她所提示给我的新经验，使我体味不尽。

早晨，辟果提大伯和我的老保姆与我搭乘驶往伦敦的长途马车。海穆和古米治太太为我们送行。

我们到达我的寓所后，辟果提大伯从他妹妹手中接受下一点儿现款，作为他所承受的遗产。他背起袋子，拿起帽子和手杖，向我们两个说了"再见！"我们把他送到门口。

名|家|点|评

大卫参加斯本罗家的宴会时遇到了一见钟情的朵拉；后来大卫又偶遇了同学特拉德尔与好友密考伯一家。大卫得知巴吉斯即将病逝便去了雅茅斯，在那里参加了巴吉斯的葬礼，并知道了斯提福兹骗走爱弥丽的消息。

拓展训练

1. 大卫在参加斯本罗先生家的宴会时遇见了哪位讨厌的人？

2. 大卫在商店门口遇见了谁以及在这个人的家中又遇见了谁？

3. 究竟发生了什么事情让海穆和辟果提大伯伤心不已？

十一、得意与失意

名家导读

大卫深深地爱上了朵拉，但是他能否成功地向朵拉表达爱意并获得朵拉芳心呢？

我越来越爱朵拉了。她的影子是我在失望和痛苦中的避难所。我把我爱朵拉的秘密告诉了辟果提。她怀着对我的偏爱之心说道："那位小姐能够得到你这样一位聪明、漂亮小伙子的爱，她应该感到心满意足了。至于她的爸爸，我想他也会很高兴地把他的女儿嫁给你的。"

我在很短的时间内亲自为辟果提办妥了有关巴吉斯遗嘱方面的事务。一天早晨，我和辟果提去律师事务所交手续费。我们竟然迎面碰见了和斯本罗先生走在一起的摩德斯通先生。他是来取结婚证的。

辟果提按照账单付清了手续费后，就回她的住所去了。斯本罗先生和我处理完一些事务后，我们就当局的一些有关政策和法律条文进行了交谈。谈将结束时，斯本罗先生告诉我，下星期的今天是朵拉的生日，假如我肯去参加那天举行的一个小型的野餐聚会，他就很高兴了。

延伸思考
【语言描写】辟果提对大卫所说的话，表达了她对大卫恋爱的真诚祝福。

126

为参加朵拉的生日聚会，我为自己买了一身衣服和一双靴子，并且租了一匹马。我买了一个小藤篮，里面装着精美食品，托人于前一天的晚上给朵拉送了过去。那天我手捧鲜花，骑着马向斯本罗先生家跑去。

我在斯本罗先生住宅门前，一眼就看见了坐在紫丁香树下的朵拉。

"噢，谢谢你，科波菲尔先生！多么可爱的花儿呀！"朵拉十分高兴地接过我献上的鲜花时说道。

朵拉给我介绍了坐在她身边的一位名叫朱丽亚·密尔斯的年轻小姐，她是朵拉最亲密的知心朋友。

"你听了一定很高兴，科波菲尔先生！"朵拉十分开心地说道，"那个讨厌的摩德斯通小姐去参加她弟弟的婚礼去了，至少三个星期不会回来。"

我对朵拉说，凡是使她开心的事我都觉得开心。密尔斯小姐脸上露出善意、平静的微笑。

我们行进在通往野餐地点的大路上。一路上，斯本罗先生曾跟我说过几句赞美野外风景的话，我也回答了使他感兴趣的问题，可我大脑中所想的，眼睛中所看得到的只有朵拉。

我们来到了一个小山坡。在一片绿茵茵的草地上，已经坐着一些被邀请来的其他客人。我嫉妒那些太太小姐们，因为朵拉一下马车便被她们紧紧地包围起来，唧唧喳喳地说个没完没了，使我根本就没有与朵拉单独在一起说话的机会。

当我们预备晚餐时，一个留着一副红胡子的家伙自称他会制作一种美味可口的冷食。在"红胡子"的指导下，她们忙着帮他洗菜、切菜。朵拉也是其中之一。

【名词解释】【交代说明】通过交代描写我为了参加朵拉的生日聚会而进行的精心准备，显示出我对朵拉的用心。

【延伸思考】【解释说明】通过解释我嫉妒那些围着朵拉的太太小们的原因，显示出大卫对朵拉深深的热恋。

大家开始用晚餐时，那个可恶的"红胡子"端着用盘子盛着的大半个龙虾竟然坐在朵拉的脚旁吃了起来！这使我心里更加感到恼火。

晚餐结束后，大家三三两两地到附近散步。我怀着失落的心情独自走进了小树林。这时，我看见朵拉和密尔斯小姐向我走来。

"科波菲尔先生，"密尔斯小姐说道，"我看你不高兴。"

"没有，一点儿也没有。"

"还有朵拉，"密尔斯小姐说，"我看你也不高兴。"

"噢，不！半点儿也没有。"

"科波菲尔先生和朵拉，"密尔斯小姐几乎带着一种老成可敬的神气说道。"我看得出你们互相都在爱着对方！不要让小小的误会使春天的花儿枯萎。真诚地浇灌它吧，幸福的爱情之花是会永远开放的！相信一位过来人的话吧。"

热血顿时涌遍我的全身，万分激动之中我突然握起朵拉的小手吻了一下——她没有拒绝！我也吻了一下密尔斯小姐的手。在这云开雾散之际，我似乎觉得我们大家一同升入到了最为快乐的幸福天堂。

正当我挽着朵拉羞怯的胳臂和密尔斯小姐一道在树林里快乐地走来走去的时候，我们听到有人在叫朵拉的名字。客人们要求朵拉为大家唱歌，"红胡子"讨好地要去为朵拉取六弦琴。但是，朵拉对他说除了我以外谁也不知道琴在什么地方。我高兴地从马车上取回六弦琴，我拿着朵拉的手绢和手套坐在她身旁。我听得出朵拉只是为我——一个非常爱她的人在唱歌。

野餐聚会结束后，我往回赶路。一路上，密尔斯小姐微笑看着我和朵拉亲切地交谈。马车快到斯本罗先生住宅时，密尔斯小姐说道：

"科波菲尔先生，请来车的这边一会儿，我要对你说几句话。"

"朵拉后天要跟我一块儿回家，她要在我们家住上一段时间。假如你愿意到我们家做客的话，我们全家会很高兴地欢迎你。"

我立刻明白了密尔斯小姐的美意，她是要尽心尽力地帮助、成全我和朵拉。

"我怎样感谢你才好呢？密尔斯小姐！"我说道，"你永远是斯本罗小姐和我值得信赖、尊敬的好朋友！"

我们到达斯本罗先生住宅时，我又陪着朵拉和密尔斯小姐高兴地聊天，直到深夜，我才恋恋不舍地告别了朵拉。

我决定要尽快地向朵拉表白我的爱情，三天后我怀着求婚的决心来到了密尔斯小姐的家。

密尔斯小姐正在抄乐谱，朵拉正在描画我送给她的那束鲜花。密尔斯小姐借故离开了房间。

"你前天夜里到家的时候，我希望那匹可怜的马儿不太疲乏，"朵拉抬起她那秀美的大眼睛看着我说道。"因为对于它，那是一条很长的路呢。"

"那条路对它的确很长，它也没有像我这样的幸福，"我说道，"因为你离我是这样的近，我心里感到非常的幸福。"

朵拉停下手中的笔，沉默了一会儿。

"可是，那一天有一阵子，你好像并不领会这种幸福呀。"

"当你坐在吉特小姐旁边的时候，"朵拉摇着头继续说

延伸思考
【语言描写】
对密尔斯小姐语言的描写，显示出她热心帮助和撮合我与朵拉爱情的善良。

延伸思考
【语言描写】
大卫对朵拉的回话，流露出大卫陶醉于恋爱之中的幸福与温馨。

道，"你一点儿也不关心那幸福呀。我想，你或许是故意那样做的。当然，你有随意做任何事情的权力和自由。吉普，你这淘气的孩子，过来！"

我再也控制不住自己的感情了。我拦住了吉普。我把朵拉搂在怀里。我滔滔不绝地说下去。当朵拉垂下头来、哭泣、颤抖时，我的口才越发好了。

得啦，得啦！朵拉和我慢慢地心平气和地坐在沙发上了，吉普也平静地对我眨着眼卧在她的膝盖上了。我陷入十足的销魂状态。朵拉和我订了婚。

朵拉去找密尔斯小姐并把她带了回来。朵拉把我们订婚的消息告诉了她。

我与朵拉订婚后，完全陶醉在我爱朵拉和被朵拉所爱的幸福时光里。

朵拉和我一订婚，我就写信给艾妮斯。我想在信中使她知道，我怎样幸福，朵拉是多么可爱的一个人。关于斯提福兹，我什么也没说。我只告诉她，因为爱弥丽的私奔，在雅茅斯有过悲伤和哀痛。

我很快接到她的一封回信。

当我最近不在家时，特拉德尔已经来访过两三次了。一天下午，我按照特拉德尔约定的时间在家等他。特拉德尔准时来到，我说道：

"我亲爱的特拉德尔，见到你非常高兴，我很抱歉此前没能在家接待你。不过请你原谅，前一阵子我确实很忙——"

"是的，是的，我知道，"特拉德尔说道，"当然很忙，你的心上人住在伦敦吧，我想？"

"她——对不起——朵小姐，你还不明白吗？我相

信，她住在伦敦吧？"

"噢，是的。在伦敦附近。"

"我的心上人，或许你还记得，"特拉德尔带着一种严肃的神气说道，"住在德文——十个姐妹中的一个。因此，从这个意义上说我不像你那么忙。"

"我很难理解，你跟她见面的时候那么少，怎么忍受得了？"我说。

延伸思考
【语言描写】
通过描写特拉德尔的话，流露出人物内心隐隐约约的一丝无奈。

"哈！"特拉德尔心事重重地说，"那是够教人理解的。当然，这也像一种奇迹。我想是的，科波菲尔，这是因为无可奈何，非忍受不可吧。"

"我想大概是这样，"我说道。"再说，特拉德尔，也因为你这个人有那么大的毅力和耐心呀。"

"哎呀，"特拉德尔思索说道，"你以为我是那样的人吗，科波菲尔？我实在不知道我有那种美德。不过她是一个非常可爱的姑娘，也可能是受她的熏陶吧。现在你提起来，科波菲尔，我也就不觉得奇怪了。我敢担保她永远忘记自己，一心照顾其他九个姐妹。"

名词解释
【语言描写】
特拉德尔便思索便回答的言语，向大卫介绍说明了他的恋人顾家的无私美德。

"她在她们姐妹中是最大的吗？"我问道。

"不。"特拉德尔说，"最大的是一个美人儿。当然，我并不是说我的苏菲——这个名字很美吧，科波菲尔。我总觉得这个名字很美！"

"是很美！"我说道。

"当然，我并不是说苏菲在我眼里就不美了。她在任何人的眼里，也是空前可爱的姑娘中的一个。但是我说最大的是一个美人儿的时候，你要知道，我的意思是她确实是一个绝代佳人。"特拉德尔说道。

"真的？"我说道。

"哦，你要相信我的话，"特拉德尔说，"真是世间少有的一个美人！你知道她生来就是为了交际和让人赞美的，可因为家里比较穷，难以满足她的心愿，所以她有时候总免不了发点儿脾气，爱挑剔。只有苏菲才能哄得让她高兴起来。"

"苏菲是最小的吗？"我信口说道。

"不是，最小的两个才九岁和十岁。苏菲负责教育她们。"

"那她或许是老二吧？"

"不是，萨拉是老二。萨拉的脊椎骨有一点儿毛病，是个可怜的女孩。医生说这毛病慢慢会好的，不过在这期间她要卧床一年。苏菲看护她。苏菲是老四。"

"她的母亲还健在吗？"我问道。

"是的，她还在。她真是一个很出色的女人，不过那地方潮湿的气候不适合她的体质，她的四肢已经瘫痪了。"

"哎呀！"我说道。

"很可悲，是不是？不过若专从家庭的观点来看，也还不至于坏到没法办的程度，因为苏菲代替了她的位置。苏菲对她的母亲，就像她对待其他九个姐妹一样，确确实实像一个母亲。"

听了这番话，我不由得对苏菲小姐的美德感到莫大的钦佩，同时问密考伯先生最近的情况怎么样。

"他很好，科波菲尔，我现在已经不跟他住在一起了。""不住在一起了？""是的。恐怕你还不知道吧，"特拉德尔低声说道，"他由于一时窘迫，把名字也改了，现在叫毛提摩了。他不到天黑不出门——出门时也要戴上眼镜。因为拖欠房租，我们的住宅受到法庭的强制执行。密

【延伸思考】【对话描写】通过大卫与特拉德尔之间的对话描写，向我们介绍了特拉德尔恋人苏菲的家庭情况。

【延伸思考】【语言描写】特拉德尔关于密考伯近况的回话，向我们交代了密考伯面临的落魄状态。

考伯太太的样子实在太可怜了，我不忍心看着他们那么痛苦，于是在一张期票上签了字。眼见问题得到解决，密考伯太太恢复了精神，科波菲尔，你可以想象，我心里是多么的高兴啊。"

我"嗯"了一声。

"可是，她并没高兴多久，因为，不幸得很，一星期没过完，就又来了一次强制执行。这一次可把那个家庭拆散了。从那时候起，我就住在了一座配备家具的公寓里，毛提摩一家就躲了起来。科波菲尔，我买的一张准备结婚时用的大理石小圆桌和苏菲送给我的花盆、花架也被法庭处理给一个旧货商人了。哦，我说这个，你不会认为我是自私吧？"

"多么残酷的事实呀！"我愤慨地叫道。

"这是个没办法的事呀！不过，我提到这件事，并没有埋怨谁的意思，只不过有种动机。在那些东西被没收时，我没有能力再买回来。第一，因为那个旧货商人知道我需要这几件东西，把价格抬到过高的程度；第二，因为我当时——没有一个钱了。这不，从那时候起，我就特别留意那个专门出售没收物品的旧货商店，我今天终于发现那几件东西摆出来卖了。因为那个旧货商人认识我，如果我要去买的话，他一定会漫天要价！我想请你的那个好保姆跟我一块儿去那个商店——我可以躲在很远的地方，让她尽可能地为那几件东西讨价还价！"

我告诉特拉德尔，我的老保姆一定会帮助他，但是有一个条件。那就是不再把他的名义或任何东西借给密考伯先生。

"我亲爱的科波菲尔，我已经这样做过了，因为我觉得以前不仅轻率，而且也非常对不起苏菲。我对自己已经发下了誓，以后不会再有任何忧虑了。我一点儿也不怀疑，假如密考伯先生有能力偿还借我的钱的话，他一定会还的，但是他现在还不起。"

按照特拉德尔的计划，辟果提经过一番巧妙的讨价还价，终于把那几件东西以很便宜的价格买了回来。

我和辟果提回到我的寓所，当我们上楼时，发现我的房门敞开着，更听见屋子里有声音，我们两个都感到很吃惊。只见屋子里是我的姨婆和狄克先生。

我和姨婆亲切地拥抱后，又和狄克先生亲热地握手。

"哈喽！"我姨婆对辟果提说道，"你好？"

"你还记得我姨婆吧，辟果提？"我说道。

"看在老天爷的面子上，孩子，"我姨婆说道，"不要再用这个难听的名字称呼她了！你不是结过婚吗？你现在的姓是——辟？"

"巴吉斯，小姐。"辟果提说，并同时屈膝向我姨婆行礼。

"得！这个姓听起来不觉得怪里怪气的了。你好，巴吉斯？我希望你好吧？"

"我知道，我们都比过去老一点儿了，"我姨婆说道。"我们以前只见过一次面，你是知道的。那时候，我们可真干了件好事！大卫，亲爱的，再给我倒一杯茶。"

"让我把沙发或安乐椅移过来好吗，姨婆？"我把茶递给姨婆后问道。因为姨婆仍然还坐在她的箱子上。

"谢谢你，大卫，"我姨婆说，"我宁愿坐在我的财产上。"说到这里，我姨婆向房东太太望去，然后说道，"请您出去一下好吗，太太？"

房东太太知趣地走了出去。

"大卫，"我姨婆喝完杯中的茶，仔细地抚摩平她的衣服，又擦了一下嘴，终于说道——"你不必走，巴吉斯！——大卫，你已经坚定起来了吗，有自信心吗？"

"我希望是那样，姨婆。"

"不是希望，而是你觉得怎么样？"我姨婆问道。

"我觉得是那样，姨婆。"

"那么，我亲爱的，"我姨婆亲切地看着我说道，"你猜我为什么今晚宁愿坐在我这财产上？"我摇头，猜不出。"因为，"我姨婆说，"这是我的全部财产了。因为我倾家荡产了，我亲爱的！"

"我倾家荡产了，大卫！我把那所小房子留给珍妮出租。巴吉斯，今晚我想要给狄克先生准备一张床。为了省钱，或许你能为我在这里随便安排一个睡觉的地方。只要能度过今天晚上。明天我们还要继续谈一谈这个问题。"

她扑在我脖子上，哭着说，她只为我悲哀。过了不大一会儿，她把这感情压下去，并且怀着得意多于失意的神色说道：

"我们应当勇敢地应付失败，不要让失败吓住我们，我亲爱的。我们学习做完这出戏。我们应当战胜不幸，大卫！"

我把狄克先生安排进了一家小旅馆里。我想探问狄克先生姨婆的家境变化的原因。他也一无所知。

我姨婆始终保持一种镇静状态。我决定让她睡在我的床上，我睡在客厅里，守护她。

当我辞别狄克先生回来时，我姨婆在屋内走来走去。

"大卫，我亲爱的，"当我姨婆看到我为她调制的晚间

【语言描写】通过对姨婆的语言描写，我们了解到了发生在姨婆身上不幸的事情：姨婆破产了。

延伸思考

【语言描写】姨婆的话语，显示出姨婆面对经济困境依然乐观坚强的性格。

饮料时，她说道，"不要！"

"什么都不要吗，姨婆？"

"不要葡萄酒，我亲爱的。麦酒。"

"不过这里有葡萄酒，姨婆。你向来是用葡萄酒调制呀。"

"留起来吧，生病时用。"我姨婆说道，"我们不应浪费，大卫。给我麦酒吧。半品特。"

"大卫，"她一边用茶匙调着热麦酒，一边对我说，"一般说来，我不关心陌生的面孔，但是我很喜欢你的巴吉斯呢，你知道吗？"

【语言描写】 姨婆对辟果提的评价，显示出姨婆对辟果提产生了好感。

"听您这样说，我比得到一百镑钱还要高兴呢！"我说道。

"这是一个最奇特的世界，那个女人怎么会姓那个姓，我觉得不可思议。姓杰克逊什么的，不是方便得多吗。"

"或许她也那么想，可这怪不得她呀！"我说道。

"好在现在她叫巴吉斯了。这教人舒服了点儿。巴吉斯非常爱你呢，大卫。"

"她为了疼爱我，没有什么事她不肯干的。"我说道。

"我很相信你这句话，刚才那个可怜的傻瓜曾经恳求把她的钱交给我们一部分！这个傻瓜呀！"

我姨婆欢喜的眼泪的的确确在流进热麦酒里。

"她是自古以来的一个最可笑的人。"我姨婆继续说道，"从我最初见她和你那可怜又可爱的吃奶孩子一般的母亲在一起时，我就知道她是最可笑的人，不过巴吉斯还是有很多长处的！"

【语言描写】 姨婆看似是对辟果提的行为进行嘲笑，实则流露出姨婆对辟果提朴实、真诚、善良品格的感动。

"我已经都知道了，大卫。"我姨婆说道，"唉，当你跟狄克一块出去的时候，巴吉斯和我谈了好多话。我真不明白，这些女孩子究竟想往哪里撞。我奇怪她们不在壁炉架上磕出她们的脑浆子来。"

"可怜的爱弥丽！"我说道。

"哦，别跟我说可怜不可怜的话，在她惹出这么多灾难以前，你本应当想到的！吻我一下吧，大卫。我为你童年受的那份罪感到难过。"

我照她说的办了。

"哦，大卫呀，大卫！这么说你自以为是在恋爱了！是吗？"

"您说我只是觉得，姨婆！"我涨红了脸，大声说道。"我是一心一意地爱她呀！"

"朵拉，当真！你的意思是说，那个小东西很迷人吧，我猜猜。"

"亲爱的姨婆，谁也想象不出她好得是一种什么样子。"我回答说。

"啊！不蠢吧？"我姨婆说道。

"蠢，姨婆！"

"不轻浮吧？"我姨婆说道。

"轻浮，姨婆！"

"得啦，得啦！"我姨婆说道。"我不过是随便问一问罢了。我并不是要贬低她。可怜的小两口！你们觉得你们是天造地设的一对，要过一种晚餐宴会一般的生活，像两块漂亮的蛋糕，是不是，大卫？"

她带着那样一种半开玩半忧虑的温和神气，那么慈蔼地问我，使我十分的感动了。

"我们年轻，没有经验，姨婆，我知道。"我回答道，

"我恐怕我们会说和想一些很蠢的事。不过我们真的彼此相爱，我可以断言。假如我觉得朵拉会爱上别人，或不再爱我；或者我会爱上别人，或不再爱她，我不知道我会怎样——会发狂，我相信！"

"啊，大卫！"我姨婆摇着头庄重地笑着说道，"瞎眼、瞎眼、瞎眼哪！"

我姨婆停了一下又继续说道：

"据我所知道，有那么一个人，大卫，虽然性情很温顺，但却待人诚恳，会体贴人。一看见他，我就会想起那个可怜的吃奶的孩子。诚恳是那个人应当寻求的，用来支持他，改善他，大卫。深刻的、坦白的、忠实的诚恳。"

"假如您知道朵拉有多么诚恳就好啦，姨婆！"我说道。

"噢，大卫！"她又说道，"瞎眼、瞎眼！"不知道为什么，我隐隐觉得有一种令人不愉快的失落感像一团云一般笼罩了我。

"话虽如此，"我姨婆说道，"我并不想使两个年轻人失掉自信心，或使他们不快活，所以，虽然这不过是一件男孩和女孩的恋爱，而男孩和女孩的恋爱时常——注意！我并未说总是！——毫无结果，我们依然要认真，要希望将来有一个好的结局。造成一种结局的时间是多的！"

当我躺下时，我总觉得有一种悲哀感。我不断地在想我在斯本罗先生眼中的穷相；想我不再有向朵拉求婚的自信；想我应当正直地把我的财产状况告诉朵拉。

第二天我早早地来到了事务所。我决定瞒着姨婆采取废止我实习契约的办法，索还我那一笔实习费。我在斯本罗先生的办公室里把我姨婆破产的消息；把我们生活中的

延伸思考
【比喻手法】
通过比喻修辞手法的运用，道出了大卫因为姨婆的话而产生的内心的波动。

延伸思考
【排比手法】
此处通过排比修辞手法的运用，道出了大卫冷静反思自己与朵拉之间爱情时产生的复杂情绪。

实际困难；把我要求解除契约的想法都给他陈述了一遍。

"我听了你的话感到很抱歉，科波菲尔，为了任何哪种理由解除契约，是从来没有过的。这是不符合职业上的程序的。也不能开这样的一个先例。还有——"

"您太好了，先生。"我怀着一种他会让步的期望低声说道。

"一点也不。不必客气，我要说，假如我的手脚不受到别人束缚——假如我没有一个伙友约金士先生——"

我的希望顿时成为泡影，不过我又做了另一种努力。在得到斯本罗先生的允许后，我又去找约金士先生。我又把跟斯本罗先生说的话原原本本地讲给他听。

"说来很抱歉，科波菲尔先生，这件事我不能成全你，事实是——不过，请你原谅，我在银行里有一个约会。"

他一边说，一边急急忙忙地站起来，我放开胆量说道："那么，恐怕我没有通融的办法了吧？"

"没有了！我反对，你知道，你应当知道，科波菲尔先生，"他局促不安地向门内看着我说，"假如斯本罗先生反对——"

"他个人并不反对呀，先生。"我说道。

"噢！他这个人！"。约金士先生带着一种不耐烦的神气重复道。"我老实对你说，有一种障碍。你所希望的事办不到！我——我银行里真有一个约会。"他一边说，一边简直是跑走了。

不过我清楚地知道，收回我姨婆那一千镑是办不到了。

我失望地离开了事务所，走上回家的路。一辆出租马车从我后面跟了上来，停在我的身旁，一只洁白的手从车

【名词解释】

【语言描写】斯本罗先生假设的语气，表达出他为不能满足大卫要求时的解释与无奈。

【延伸思考】

【语言描写】对约金士先生语言的描写，显示出他与斯本罗先生互相推脱的行为表现。

中国青少年必读名著

窗里向我伸来，一张美丽、沉稳的脸正冲我微笑。

"艾妮斯！"我欢喜地叫道。"噢，我亲爱的艾妮斯，在世间所有的人中，看见你是多么大的一种快乐！"

【语言描写】
通过描写大卫见到艾妮斯时激动的语言，流露出大卫在为预约金要不回来的事而郁闷时突然遇见艾妮斯的兴奋之情。

"当真？"她微笑着说。

"我非常想跟你谈谈呢！"我说道。"只要看到你，我的心就如释重负了！你去哪里呀？"

她告诉我，她收到了我姨婆的一封信，知道了我姨婆遭遇不幸的消息。她这就是要到我的寓所去看望我姨婆的。

她告诉我，她这次到伦敦，并不是她一个人来的。她爸爸也来了——还有尤利亚·希普。

"他们现在是合伙人了，是吗？"我说道。"滚他的蛋！"

"是的，他们来这里办事，我也借此机会一块儿来了。你不要以为我来这里完全是为了看朋友，我不愿意爸爸一个人跟尤利亚在一起。"

名词解释
【对话描写】
通过艾妮斯与大卫之间的对话，我们了解到尤利亚已经得寸进尺，住进了艾妮斯家。

"他仍旧对你爸爸具有同样的操纵力吗，艾妮斯？"

艾妮斯摇摇头。"家里发生了很大的变化，你几乎认不出那可爱的老家了。他们现在跟我们一块儿住了。""他们？"我说道。"希普先生和他的母亲。他就睡在你的老卧室里。"艾妮斯向上看着我的脸说道。

"我但愿我能指挥他做梦，"我说道。"他不会在那里睡得久的。"

"他们住在家中主要的坏处，是我不能随意跟爸爸接近。不过，假如有人对他使阴谋，耍诡计，我希望，纯真的爱心和忠诚最终能战胜一切。我希望，最终将会证明，纯真的爱心和忠诚的威力胜过世间一切邪恶和厄运。"

我们发现只有我姨婆一个人在家里。

我们开始谈我姨婆的损失，我告诉她们我早晨到事务所要求解除契约的事。

"那是没有见识的，大卫，"我姨婆说道，"不过居心是好的。你是一个忠厚的孩子，我以你自豪呢，我亲爱的。能这样想就好。那，大卫、艾妮斯，让我们来正视我的问题吧，看看这问题是怎么一回事。"

我看出，艾妮斯非常注意地看我姨婆，脸色变苍白了。我姨婆轻轻拍着卧在她膝盖上的猫，也很注意地看艾妮斯。

"我过去有过一份可观的财产。"从来不谈她的财产问题的我姨婆说道，"贝西有一个时期用她的钱购买了公债，后来，受了她的代理人的劝告，都投在了以房地产做抵押的债券上。获利颇大，直到人家把贝西的债都偿清了。这时候贝西必须观察形势，从事新的投资了。这时她的代理人不像以往那么善于经营了——我所指的是你父亲，艾妮斯——她觉得她比她的代理人更聪明了，于是她忽然想起自己来从事投资了。于是她把资金投入到一个国外市场，后来证明那是一个很坏的市场。"我姨婆说道，"先是在矿业方面失利；后来又在潜水业方面失利；到了最后，她想翻一翻老本儿，结果在银行投资方面又赔了。"

我姨婆讲完这一番大道理，就带着得意的神气看艾妮斯，艾妮斯的脸上也慢慢恢复了血色。

艾妮斯她有些害怕她那不幸的父亲为发生的这些事，有应该受到责备的地方。我姨婆握起她的手来，大笑了。

"那么，艾妮斯，你有一个聪明的脑袋。大卫，你有时也有，不过我不能说你时常有，下一步怎么办呢？那所小房子，好歹平均，一年总有七十镑的进账吧。我想，这

延伸思考 【动作与神态描写】通过描写艾妮斯与姨婆她们的动作与神态，显示出她们要谈的事与彼此之间有什么联系。

延伸思考 【解释说明】对艾妮斯内心波动的解释说明，向我们解释了艾妮斯为何表情凝重的原因。

样计算还是保险的。好啦！——我们所有的财产也就只有这一点儿了。"我姨婆说道。

"其次，"我姨婆休息过一下说道，"还有狄克。他每年可以有一百镑，不过那都要用在他身上。虽说我是唯一了解他的人，可是我宁可把他打发走，也不能不把他的钱花在他身上。我和大卫，也就只有这一点儿进账了，怎样用这笔钱才好呢？你有什么看法，艾妮斯？"

艾妮斯问，我的寓所租期长不长？

"你说到点子上了，我亲爱的，"我姨婆说道。"除非又转租出去，否则我们至少可以在这里住六个月，而我相信这寓所会转租出去。我手中还有点儿现钱，我同意你的看法，最好的办法是，我和大卫在这里住到期满，为狄克在附近找一个卧室。"

"我曾经想，大卫，"艾妮斯犹豫着说道，"假如你有时间——"

"我有很多时间，艾妮斯。我在下午四五点钟以后就没有事干了，在清早也有时间。我有大量的时间。"我说道。

"我知道你不会反对。秘书的职务。"

"反对，我亲爱的艾妮斯？"

"因为，斯特朗博士已经依照他的心意退休了，并且现在就住在伦敦。据我所知，博士正在编撰一部字典，他曾问过爸爸能不能给他介绍一个秘书。你不认为他宁要自己的得意门生在他身边，而不要外人吗？"

"亲爱的艾妮斯！"我说道。"没有你，我可怎么好！你永远是我的吉神。我告诉过你了。我一向都觉得你是这样的。"

艾妮斯笑着对我说，一个吉神（指朵拉）已经够了，然后提醒我，博士喜欢在清早和晚间在书房中做事——因此我的时间大致与他的要求很适合。依照艾妮斯的劝告，我写给博士一封信，说明我的目的并约定明天上午十点钟去看他。信写好后马上出去邮寄。

当我回来与艾妮斯正在愉快地交谈时，传来一下敲门声。是止威克菲尔先生，还有尤利亚·希普。我有一段时间没见到威克菲尔先生了。他的外表使我大吃一惊。最使我惊诧的却是他竟然在尤利亚·希普这个卑鄙小人面前唯唯诺诺，唯命是从。

威克菲尔先生很不自然地把手伸给我姨婆，然后比较亲切地和我握手。

"喂，威克菲尔！"我姨婆说道，"我刚才告诉你女儿，我过去怎样独自处理我的钱，因为你在事务问题上越来越生疏了，我不能信赖你了。我们刚才一块儿商量得很好，所有的问题都考虑到了。依我的见解，艾妮斯抵得上你们整个事务所呢。"

"假如我可以卑贱地说一句，"尤利亚说道，"我完全同意贝西·特洛乌德小姐的话，假如艾妮斯小姐是我的一个合伙人，我一定非常快活了。"

"你自己不就是一个合伙人吗，"我姨婆接过去说道，"我想，到了这一步也就差不多了吧。你好啊，先生？"

希普先生很不安地握着他的蓝提包回答说，他很好，并向我姨婆道谢，希望她也好。

"还有你，科波菲尔先生，"尤利亚往下说道。"我希望你也好！目前的情况不是你的朋友们所希望于你的，科波菲尔先生，不过人的成就不是靠了钱，是靠了——以我这卑贱的才能，我实在说不出是靠了什么，"尤利亚摇尾乞怜地扭着身子说，"不过不是靠了钱！"

说到这里，他跟我握手，不是以往的态度，而是站得离我远远的，把我的手像喷筒柄一般一上一下地掀动着。

"你觉得我们的样子神气吗？"尤利亚说道。"你觉得威克菲尔先生的精神旺盛吗，先生？这些年来我们的事务所并没有多大的变化，不过提高了卑贱的，那就是，我母亲和我发展了美丽的艾妮斯小姐。"

说完这一句恭维的话，他带着那样一种令人无法容忍的态度跳来跳去，使得坐在那里一直瞪着他的我姨婆失去了所有的耐性。

延伸思考

【语言描写】姨婆恼怒的话语描写，显示出姨婆对尤利亚扭扭捏捏、上蹿下跳的丑恶嘴脸的厌恶。

"让鬼把他捉走吧！"我姨婆严厉地说道，"他在干什么？不要像触了电一般痉挛吧，先生！"

"我请你原谅，小姐，我知道你心里不痛快。"

"滚你的吧，先生！"我姨婆一点儿也不客气地说道。"不要瞎说！我一点儿也不那样。假如你是一个人，你就管束着你的手脚吧。"

"我十分知道，科波菲尔少爷，特洛乌德小姐虽然是一个出色的女人，却有一种急性子。我来这里，只不过想问一问，在目前情况下，假如有我们可以帮忙的地方，我们实在乐意帮忙。我可以这样说吧？"尤利亚对他的合伙人带着一种讨厌的笑脸说道。

"尤利亚·希普，"威克菲尔先生用一种单调的勉强的态度说道，"在业务上是得力的，大卫。他所说的话，我完全同意。"

延伸思考

【语言动作描写】对尤利亚的语言和动作描写，显示出尤利亚洋洋得意、小人得志的样子。

"哦，得到这样的信任，"尤利亚冒着再挨我姨婆一顿骂的危险，摇摆着一条腿说道，"是多么大的一种奖赏！不过我希望我会想办法分担他的业务，让他好好地休息，科波菲尔少爷！"

"尤利亚·希普，对我来说是一种很大的安慰，"威克菲尔先生用一种沉闷的声音说道。"有这样一个合伙人，大卫，能减轻我精神上的一种负担。"

"你不走吧，爸爸？"艾妮斯关切地说道。"你不跟大卫和我一块儿走回去吗？"

"我预先已经有了约定，"尤利亚说道，"否则我一定喜欢跟我的朋友们在一起的。不过让我的伙友代表本事务所吧。艾妮斯小姐，再见！再见，科波菲尔少爷。我向贝西·特洛乌德小姐致上我卑贱的敬礼。"

说着这些话，他给我们打了一个飞吻，像一个假面具一般斜视着我们，走出去了。

我陪着威克菲尔先生和艾妮斯回到他们住的地方。

第二天上午，我按照约定的时间来到了斯特朗博士的住宅。斯特朗博士主动提出，他一年付给我七十镑的薪金。我们约定第二天早晨七点钟就开始工作。当我把这个好消息告诉给我姨婆、狄克先生和辟果提时，他们围着我高兴得抱成了一团。

名词解释

【比喻手法】通过比喻修辞手法的运用，刻画出了尤利亚假性假意的虚伪嘴脸。

名|家|点|评

大卫在朵拉闺蜜的帮助下表白成功，收获了爱情。然而不幸的是姨婆带来破产的消息，同时尤利亚这个小人成为了事务所的合伙人。

拓展训练

1. 朵拉、大卫在谁的帮助下收获了爱情？

2. 姨婆和狄克的突然到来，给大卫带来了什么不幸的消息？

3. 艾妮斯为大卫推荐了一份什么工作？

十二、我的新生活

大卫为了爱情和生活而努力工作，然而不幸的是大卫与朵拉的爱情遭遇了变故，究竟发生了什么事情呢？

我的新生活开始了。我每天早晨五点钟起床，走到住在伦敦城另一端的博士家去为他工作两小时。然后走回到斯本罗先生的办公室，把我的大部分时间用在法庭上。晚上，我又去博士家干上两三个小时，夜晚九或十点钟的时候，又走回家。

我对于我这样的繁忙感到无限的满意，觉得越疲乏自己就越对得起朵拉。我还不曾把我变化了的性格透露给朵拉，我仅在信中告诉她，我有许多话要对她说。

尽管每天这样紧张繁忙，但我仍急不可待地想找到更多的事做，于是我就去找特拉德尔。狄克先生也和我一块儿去了。因为他为自己不能做一点儿有用的事开始烦恼和忧虑得丧失了元气和胃口。我非常担心他的毛病会加重，因此我决意去试一试，看特拉德尔能不能帮上我们的忙。

我要跟特拉德尔商量的第一件事是：我曾听说，各界知名人士都是以报道国会的辩论开始他们的事业的。特拉

【交代说明】通过交代说明我一天忙忙碌碌的工作状态，显示出我为了生活而努力工作的刻苦。

德尔曾经向我提起过他希望投身新闻事业的事，我把这两件事联系一起，于是我问他，我希望知道要从事这一事业，我该怎样做才能取得资格。特拉德尔告诉我说，要想在这一行干得十分出色，必须要完全熟练掌握速记法和速译法的秘诀。要孜孜不倦地学上好几年，也许能达到这个目的。特拉德尔有理由相信，这就解决了问题。**不过我觉得这里才是需要砍伐的几棵高树，于是立即决定拿起斧子，从这密林中开辟通向朵拉的路。**

"我非常感谢你，亲爱的特拉德尔！"我说道。"我明天就开始。"

"我要买一本讲述这种技能的专业书，"我说道，"我要在事务所中学习，在那里我有一大部分时间没事做呢。我要记下我们法庭中的演说，作为练习——特拉德尔，我亲爱的朋友，我一定要精通这种技能！"

"哎呦呦，"特拉德尔睁大眼睛说道，"我完全不曾想到你是这样一个有决心的角色，科波菲尔！"

然后，我问特拉德尔是否能帮忙给狄克先生找一份适合他干的工作。

"科波菲尔，我曾听你讲过，狄克先生的字写得很好，是吗？"特拉德尔问我道。

"非常好！"我回答说，"狄克先生的确写得极端整洁。"

"您能抄写文件吗，先生？"特拉德尔对狄克先生说，"假如我能为您找来这份工作的话。"

"特拉德尔先生，实在太感谢你了，我能抄。"狄克先生高兴地说道。

于是特拉德尔就给狄克先生不断地找一些起草好的有

名词解释

【比喻手法】通过比喻修辞手法的运用，道出了大卫决定战胜困难，追逐爱情的决心。

延伸思考

【语言描写】通过对特拉德尔的语言描写，显示出他对大卫坚定决心的敬佩之情。

关法律文件之类的东西让狄克先生带回家抄写。在不到半个月的时间内，他居然靠抄写文件得到了十先令九便士。

"现在不会挨饿了，大卫，"狄克先生激动地握住我的手说道。"我要供养她——你的姨婆！"于是他在空中挥舞着他的十个手指头，仿佛那是十个银行呢。

【动作描写】通过描写狄克的动作，表达了狄克为能够自食其力去回报姨婆的激动心情。

狄克先生带着特拉德尔交给他准备抄写的文件，高高兴兴地提前回家去了。我则留下来与特拉德尔继续聊天。

"哦，对了，科波菲尔，"特拉德尔对我说道。"密考伯先生让我转告你，他们全家明天就要搬到坎特布雷了。"

"噢！那就是说他们有了转机。"

"是的。密考伯先生与一位名叫尤利亚·希普的人签订了合同，他将成为这个人的机要秘书。这位希普先生是坎特布雷一家律师事务所的合伙人。"

【语言与神态描写】我惊讶的语气和神态，显示出我听到尤利亚这个阴险狡诈的人时担心的心情。

"尤利亚·希普！"我惊恐地叫道，"我知道他，密考伯先生怎么会想到跟他干呢？"

"哦，反正密考伯先生告诉我说希普先生为他偿还了他在伦敦欠下的所有债务，他们一家明天就离开伦敦。"

这个消息使我预感到尤利亚·希普肯定又在开始盘算什么坏计划了。

我的新生活已经持续了一个多星期，我所抱的应付患难的重大决心，比以前更为坚强了。

密尔斯小姐传来了朵拉的一封信，她约我在星期六的晚上去密尔斯小姐家与她相会。

星期六我送辟果提去马车站，因为她要回雅茅斯去处理海穆的事务。她在临别时哭了，嘱咐我照顾她的哥哥。辟果提恳求我如果我需要钱的时候，一定要借她的钱。还有那个美丽的小天使在她嫁给我以前一定来把家收拾得非

常漂亮!

晚上，我来到密尔斯小姐的家。朵拉在客厅门口迎接我。我坐下后不久，似乎毫无一点准备地问朵拉，她能不能爱一个乞丐？

【语言描写】通过描写朵拉的回话，显示出毫不知情的朵拉对大卫莫名其妙的问题一头雾水的表现。

"你怎么能问我这样傻的事？"朵拉撅着嘴说道。"爱一个乞丐？"

"朵拉，我最亲爱的！"我说道。"我就是一个乞丐！"

"你怎么能蠢到这样的地步，"朵拉打着我的手说道，"蠢到坐在这里说这样的故事？我要叫吉普咬你！"

于是我郑重地把我姨婆破产的情况如实地告诉了她。我搂住她说，我怎样地爱她，非常非常的爱她，因为我现在变穷了，假如她愿意我们可以解除婚约；假如我失去她，我怎样无法忍受；假如她不怕穷，我一点儿也不怕；我已经怀着只有爱人们才知道的勇气在工作；我已经开始学实际，开始想将来；一片用努力换来的面包皮比一桌继承来的酒席要好吃得多等等这一类的许多话。

【对话描写】大卫与朵拉之间的对话描写，表明了朵拉并不因为大卫家境落魄而毁约，但也显示出朵拉是一个单纯得不懂现实生活的小女孩。

"你的心还是我的吗，朵拉？"我欢喜地说道。

"噢，是的！"朵拉叫道。"完全是你的。只是不要说穷，也不要说用力工作，更不要说什么面包皮，我对这些都不懂！"

"最亲爱的！我可以提一件事吗？"

"噢，请不要讲求实际吧！"朵拉哄着我说道，"因为那个使我害怕！"

"我亲爱的！坚忍和人格的力量可以使我们忍受坏得多的事呢。"

"不过我一点儿也没有力量，"朵拉摇着她的卷发说道。"我有吗，吉普？"

"可如果你有时想一下，我的宝贝朵拉，你要跟一个穷人结婚——如果你用心留意一下你父亲是怎么管理佣人的，市场上的食品价格问题，那对我们将来的生活会有很大的好处。我们应当勇敢。亲爱的朵拉！我们的生活道路坎坷不平，我们应当迎上前去……"

朵拉是那么的惊慌！她大声尖叫道："噢，朱丽亚·密尔斯在哪里呀！"然后倒在了沙发上失去了知觉。我真觉得是我杀了她。我急忙往她的脸上洒水，并跪下来请求她饶恕我。密尔斯小姐闻声进来了，她一边救助着她的朋友，一边问我是怎么一回事。我向她解释了发生的一切。朵拉睁开眼睛时，密尔斯小姐扶着她上楼去了。

当密尔斯小姐回到客厅时，我征求她的意见，通过什么样的方式才能使朵拉变得更加切合实际。密尔斯小姐忧郁地摇了摇头说道：

"我要对你说老实话，我们最亲爱的朵拉是一个超越了世间万物的精灵；她不会像我们这些凡俗之辈一样地操心。我想你只能接受这一事实。"

当朵拉走下楼，我们喝茶以后，弹起了六弦琴，朵拉又唱起了那些可爱的法国歌曲，我们又重新快乐起来。当我向她们提出我要提前回家，明天早晨必须五点钟起床时，朵拉美丽的脸上露出忧伤的表情，既不弹琴，也不唱歌了。当我向她说再见时，她用她那可爱的哄诱态度对我说话。

"听着，不要在五点钟起床，你这淘气的孩子，太胡闹啦！你为什么要那样做？"

"亲爱的，因为我有工作要做！我们不工作怎么生活呢，我的宝贝？"我回答道。

"怎么？不怎么！"她似乎觉得她已经完全解决了那个问题，给了我那么得意的直接发自她那天真内心的一个小吻。

我爱她，而且一心一意地爱她。可我也得继续努力工作，拼命挣钱。

就这样过去了好几个月。可是有一天早晨，当我照常去事务所时，斯本罗先生带着极端严肃的样子要我跟他到附近一家小咖啡馆里去单独谈谈。我意外地发现摩德斯通小姐也在那里，我立刻意识到斯本罗先生已经发现了我和朵拉的秘密，知道了是谁告的状。

"科波菲尔先生，"斯本罗先生关上门，严肃地对我说道，"摩德斯通小姐发现了一些写给我女儿的信。我相信这是你的笔迹吧？"

我红着脸低声说道："是的，先生！"但愿我亲爱的、可怜的小朵拉没被摩德斯通小姐这个恶毒的女人吓着。我不愿想像朵拉在丢失我的信后的痛状。

"我应当承认，"摩德斯通小姐得意地说道，"关于大卫·科波菲尔，我已经对斯本罗小姐早就有所怀疑了。斯本罗小姐跟大卫·科波菲尔初次见面的时候我就注意他们了。我那时所得到的印象是不满意的。人心的邪恶是那么……"

"小姐，"斯本罗先生插嘴道，"请你专说事实吧。"

"在斯本罗小姐看望她的朋友密尔斯回来的时候，"摩德斯通小姐说道，"我感觉到，斯本罗小姐的表情给了我比以前更大的怀疑理由。因此，我严密地监视斯本罗小姐。昨天夜晚，我终于发现了这些信。"

延伸思考

【神态描写】通过交代斯本罗先生极端严肃的神态约我谈话，预示出将有什么不好的事情发生。

名词解释

【心理描写】通过介绍此时此刻我的担心，流露出我内心担心朵拉现在状况的不安心理。

"你已经听到摩德斯通小姐的话了，我请问，科波菲尔先生，你有没有什么话回答？"

"非常抱歉，先生，"我说道，"那都是我的错。请您别责怪朵拉……"

"斯本罗小姐，请你这样称呼她。"斯本罗先生凛然说道。

"我知道不应该对您保守秘密，先生，但我非常爱您的女儿……"

"请你不要对我说爱，科波菲尔先生！"斯本罗先生红着脸叫道，"你们两个都很年轻，这都是胡闹。我会把这些信件烧掉，你必须保证彻底忘掉这件事。你不可能娶朵拉！你考虑一下，就会知道按照我说的去做是明智的。否则……"

斯本罗先生气冲冲地走了出去。

这一整天我都在想念朵拉，想她现在会是一种什么心情和感觉。密尔斯小姐也丝毫不能给我提供出切实可行的建议。

第二天早晨，我无精打采地照常去事务所。我看到有一堆人乱哄哄地站在那里热烈地交谈着什么。

"这是一场可怕的灾难，科波菲尔先生。"当我进去时，那个叫提菲的老同事对我说道。

"什么？"我叫道。"什么事呀？"

"你不知道吗？"提菲和在我周围的人们一同叫道。

"不知道！"我环视着他们的脸认真地说。

"斯本罗先生。"提菲说道。

"他怎么啦？"

"死啦！"

【延伸思考】

【语言描写】通过描写斯本罗先生对大卫所说的话，表明了斯本罗先生反对大卫与朵拉交往的坚决态度。

【延伸思考】

【神态描写】大卫无精打采的神态，显示出大卫因为斯本罗先生拒绝他与朵拉交往而伤心失落的心情。

我顿时失去了知觉。

"死啦?"当我清醒过来时,问道。

"他昨天在城里吃晚饭,亲自赶着马车回去,车子到了家,他不在车上。马夫拿着灯笼出来,发现车上没有人。家中所有的人都惊动起来,三个仆人顺着大路找到他时,发现他已经死在路边。他一定是发了什么病从马车上摔下去的。不管怎样,反正他们找到他时,他脸朝下趴在地上已经死了。"

我无法形容我听到这个消息后是怎样的一种心情。我当晚去了斯本罗先生的家。密尔斯小姐也在那里陪着朵拉。于是我便给她写了一封信,请我姨婆写好信封。第二天,我姨婆接到密尔斯小姐的一封回信。封面上,写的是我姨婆,里面是写给我的。她告诉我,朵拉悲伤得不得了。

接下来的几个星期,我每天都在想念朵拉的折磨中度过。葬礼结束不久,朵拉跟随着她的两位姑姑去了位于伦敦南部的帕特尼。

我姨婆在这期间特别担心我的身体状况,因为我一天比一天忧郁,这使她感到十分的不安。因此,她建议我去斗佛,看一看她那已经租出去的小房子的情况,看望威克菲尔父女。我欣然接受了姨婆的建议,因为我总是很高兴见到艾妮斯。

在斗佛,我发现租用这所小房子的房客把房子照看得很好。我来到威克菲尔先生住宅时,看到密考伯先生正在尤利亚·希普原来的那间办公室里写字。密考伯先生看到我后非常高兴,但是也有一点儿不安。

"你常见威克菲尔先生吗?"我问道。

名词解释

【交代说明】大卫写给朵拉的书信却让姨婆书写信封和署名,是因为他们担心书信再被摩德斯通小姐发现。

延伸思考

【神态描写】密考伯先生在尤利亚的办公室里与大卫相见时不安的神态,表明他似乎知道尤利亚与大卫之间不太友好的关系。

"不常见，"密考伯先生有些轻蔑地说道。"我觉得，威克菲尔先生是一个心地很好的人，不过他是过了时的了。"

在与密考伯先生的交谈中，我注意到他不肯透露有关威克菲尔——希普事务所的一切事务消息，以及有关希普个人的所有事情。因为他知道我和希普之间彼此不是很喜欢。

我很高兴地与他告别，然后上楼去找艾妮斯。

我发现艾妮斯正伏在写字台上写字。

"啊，艾妮斯！"我说道，"我近来非常的想念你！"

"真的？"她说，"又想念了！那么快？"

我们并肩坐在沙发上。

"艾妮斯，"我说道。"从我在这里上学起，有你的关心和帮助，我就能摆脱一切困境，就快乐；一旦离开了你的帮助，面对困境我就感到束手无策，就会感到痛苦不堪。我觉得任何时候离开我的异姓妹妹……"

艾妮斯把她的手伸给我，我吻了吻。

"任何时候我如果没有你，艾妮斯，从一开始就来指导我、匡正我，我似乎就会发狂，就会陷入种种困境。当我终于来到你这里时，我就得到平安和幸福。现在我像一个疲倦的旅客回了家，有一种可以安息的幸福感觉！"

我对自己所说的话有那么深的感触。随后，我给艾妮斯谈我的朵拉，谈我的痛苦和忧虑。艾妮斯安慰我对这件事要保持理智和镇静，要信赖朵拉。她建议我给朵拉的两位姑姑写信，询问是否能经常去看望朵拉，她还鼓励我一定要实现结婚的愿望。

我见到了威克菲尔先生和尤利亚·普。威克菲尔先生

【延伸思考】
【语言描写】
密考伯先生对威克菲尔先生的评价和印象，从侧面反映出威克菲尔先生近来不好的状态。

【名词解释】
【语言描写】
大卫对艾妮斯所说的话，流露出大卫对艾妮斯深深的感情与感激。

似乎比以前显得更苍老、更忧虑、更痛苦了；而尤利亚则显得比以前更阴险、更奸诈、更得意了。

【外貌描写】
通过描写希普太太的邪恶的眼睛，显示出大卫对希普太太那种卑鄙监视行为的憎恶。

晚餐后，当我和艾妮斯刚坐在一起准备谈话时，希普太太就进来了，她始终用她那一双邪恶的黑眼睛紧紧地盯着我不放。第二天，希普太太依然没有给我和艾妮斯留下一点儿单独在一起谈话的机会。于是我就邀请艾妮斯一块儿出去散步。但是希普太太却诉说她身上有病，需要艾妮斯好心留在家中。我独自走了出去，尤利亚赶了上来。

"我之所以独自出来散步，因为我已经有了太多的陪伴了。请你不要生气，希普先生。"

他微笑说道："你指的是我母亲。"

"不错，我指的是她。"我说道。

"啊！不过，你知道，我们处在这么卑贱的地位，不得不利用卑贱的知识和方式处处当心提防呀。"他说道，"在爱情方面，一切战略都是必要的，先生。你知道，你是一个非常危险的对手，科波菲尔少爷。你一向是的，你知道。"

"什么！你为了我的缘故，派人监视她，使她的家不像一个家庭吗？"我说道，"我只不过是把威克菲尔小姐看作是我很亲爱的妹妹罢了。告诉你，我已经跟另一位年轻的小姐订了婚。我希望这消息能使你满意。"

"噢，科波菲尔少爷，假如在伦敦的那天晚上，你能把你的心腹话告诉我，那么，我也就绝不会怀疑你了。既然如此，我当然立刻把我母亲打发开，这太叫人高兴了。我知道，你从来不像我喜欢你那样喜欢我！"

"我们回去吧？"尤利亚说。

晚餐以后，客厅里只剩我们三个男人。尤利亚竭力引

延伸思考

【外貌描写】
通过描写希普太太的邪恶的眼睛，显示出大卫对希普太太那种卑鄙监视行为的憎恶。

延伸思考

【语言描写】
对尤利亚的语言描写，解释说明了他和母亲监视艾妮斯和我的原因，展示出尤利亚"以小人之心度君子之腹"。

诱威克菲尔先生多喝酒。他自己则很少喝，甚至不喝。

威克菲尔先生已经有些醉了。我看得出，尽管他不想多喝，但却克制不住自己。最后尤利亚举着一杯酒站了起来。

"喂，我的伙伴！"尤利亚得意地说，"我要再为一个人干杯，我卑贱地请把酒杯斟满，因为我把她看作她那性别中最神圣的。"

威克菲尔先生把空杯拿在手里。我见他放下杯子，看墙上那幅与艾妮斯相似的画像，然后把手放在前额上，退回他的扶手椅。

"艾妮斯·威克菲尔，"尤利亚说道，"我可以放心地说，她是她那性别中最神圣的。我可以在朋友们中间大胆地说吗？做她的父亲是一种骄傲的名分，但是做她的丈夫……"

突然，威克菲尔先生发出一声十分可怕的叫喊，他站起身来，我赶忙上前抱住了他。他像疯了似的用手撕着自己的头发，打自己的头，用力推开我，不回答一句话，也不看任何人。他睁大两只眼睛，脸也歪得走了样——看起来实在可怕。我恳求他不要这样疯狂下去，要他听我说话。我请他想一想艾妮斯，想我与艾妮斯的关系，回忆艾妮斯和我怎样一块儿长大……威克菲尔先生逐渐安静下来。

"我知道，大卫！我亲爱的孩子和你……"他终于说话了。"这些我都知道！不过看他！"

他指着尤利亚，那家伙在一个角落里瞪着眼，面色苍白。他打错了算盘，遭遇到意外了。

"看那个虐待我的人，"威克菲尔先生说道。"在他面前，我一步一步地放弃了名字和名誉，和平和安静，住宅和家庭。"

"我已经为你保全了这一切，"尤利亚又转向我说道，"你最好拦住他，科波菲尔，假如你不能够的话，他就要说出一种——你听我说——他事后觉得不应当说，你也觉得不应当听的话！"

"我不知道，我在神志不清中都做了一些什么，他知道的最清楚，因为他总在我身边，给我出坏主意。你知道，他是我脖子上的磨石。你看他在我住宅中的样子，你就知道他在我业务中的情景。你刚才听见他说的话了。我还有什么多说的必要！"

"你没有说这么多的必要，也完全没有说话的必要，"尤利亚说道，"假如不是喝多了酒，你是不会这样说的。明天你可以再想一想，先生。假如我已经说得太多，或多过我的本意，有什么关系呢？我并没有坚持我的话呀！"

门开了，艾妮斯不声不响地走了进来，挽住他的脖子沉着地说道："爸爸，你不舒服了。跟我来吧！"

我坐在客厅里，钟声敲响十二下，艾妮斯下楼来了。

"你明天一早就要走了，大卫！我们现在说再见吧！"

"上天保佑你！"她一边说，一边把手伸给我。

"亲爱的艾妮斯，"我说，"你永远不会为了一种误解的孝心而牺牲你自己吧？请你说你没有那样的思想，亲爱的艾妮斯！想一想你所禀赋的宝贵的心肠，宝贵的爱情吧，亲爱的妹妹！"

她带着平静的微笑告诉我，她一点儿不为自己担忧——我也不必为她担忧——然后用哥哥的称呼与我作别，上楼去了。

当我在旅店要动身时，尤利亚的头从马车旁边钻出来。他说道，"我们已经完全和解。"他扭动了一下身子又说，"你摘过一只未熟的梨吧，科波菲尔少爷？""我猜我摘过。""我昨天晚上就那样干了，不过它总归要熟的。只需要加以照顾。我可以等待！"

名|家|点|评

大卫为了爱情而努力工作，由于他人告密，斯本罗先生知道并反对他们的婚约，紧接着斯本罗先生又意外死亡，大卫的爱情受挫。失落的大卫在姨婆的建议下去了斗佛，见到了艾妮斯他们，并目睹了威克菲尔与尤利亚之间的冲突。

拓展训练

1. 狄克在特拉德尔的帮助下，寻得了一份什么工作？

2. 斯本罗先生找大卫谈话用意何在？

3. 酒后的威克菲尔先生与尤利亚之间发生了什么事情？

十三、我**结婚**了

名家导读

　　接受艾妮斯建议的大卫，给朵拉姑姑写了信，最终大卫与朵拉喜结良缘，但是婚后两人相处得如何呢？

　　我回到伦敦后，立即给朵拉的两位姑姑写了一封信。回信很快就收到了，她们允许我去看望朵拉。于是，我在每个星期六和星期日的上午就步行到帕特尼朵拉的姑姑家，把下午的时间都打发在朵拉身上。

　　事务所业务状况越来越不景气。我必须另谋一份职业。于是，我一方面继续做斯特朗博士的秘书，一方面开始为一家晨报采写国会日常议事的新闻报道。除此之外，我还刻苦地从事写作，经常写一些短篇故事在杂志上发表。我的稿酬收入也越来越多。

　　一个个的星期、月、季过去了。迎来了我二十一岁的生日。特拉德尔获得到了律师资格。我们已经搬迁到一所舒适的房子里。我姨婆卖掉斗佛的房子，又买了一所更小的房子（就在我的住房附近）。我就要与朵拉结婚了！因为她的两个姑姑最终同意了我们的婚事。

　　我一直想让艾妮斯见见朵拉，所以，我安排她们于婚

延伸思考

【交代说明】通过列举一系列的好事情，显示出大卫已经走出了生活的困境，生活越来越好了。

礼的前一天晚上见面了。她们两个肩并肩坐在一起，亲切地交谈。当我和艾妮斯回伦敦的时间已到，艾妮斯走出客厅，屋子里只剩下我和朵拉时，朵拉准备给我可爱的小吻。

"假如我好久以前就和她做朋友，大卫，你不以为我会更聪明一点儿吗？"朵拉说道。

"我的爱人！"我说道，"多么胡说！"

"你以为这是胡说？你相信这是胡说？"朵拉不看着我接过去说道。

"当然我相信！"

朵拉不停地转动着我外衣的一只纽扣说："我已经忘记，艾妮斯和你是什么关系了，你这亲爱的坏孩子。"

我回答道："不是血亲，不过我们像兄妹一般在一起长大。"

"我奇怪你为什么会爱上我？"朵拉说道。

"或许因为我一看见你就不能不爱你呢，朵拉！"

"假如你从来不曾见过我——"朵拉转着另一只纽扣说道。

"假如我们从来就不曾降生！"我愉快地说道。

她终于抬起头来，看着我的眼睛，踮起脚跟，比往常更沉默地给我那可爱的小吻——一次，二次，三次——然后走出室外去。

在幸福的梦幻之中，我和朵拉完成婚礼！

"你现在快活吗，你这傻孩子？你准知道以后不后悔吗？"朵拉在马车上时对我说道。

我没有做任何回答，只是紧紧地搂抱着朵拉，不断地亲吻着她那美丽的脸颊。马车载着我们去度蜜月，车后洒下一串串甜美欢快的笑声。

蜜月已经过去，我和朵拉回到了我们的小房子。我们

名词解释
【语言描写】
通过对朵拉语言的描写，表达了朵拉对初次见面的艾妮斯小姐的好感和赞赏。

延伸思考
【动作描写】
通过描写大卫一系列的动作，此处无声胜有声，表达了大卫对朵拉深深的、无悔的爱。

对未来的生活充满了幸福美好的憧憬。可是，我很快就感觉和意识到我们的实际生活并不像表面看上去的那么舒适和愉快。因为我和朵拉谁也不知道如何处理家务。

一天我对朵拉说："我的宝贝太太！你不以为你应当规劝一下佣人按时开饭吗？"

"哦，不，对不起！我不能，我的坏孩子。"朵拉停下手中的画笔，坐在了我膝盖上说道。

我说："不过，我的爱人，我们有时应当认真。来！坐在我旁边这把椅子上！我们有条有理地谈一谈。你知道，我的爱人，人不吃饭就得出处是十分不舒服的。你说是不是？"

"我不是为了听人说理才结婚的。假如你要对我这样一个可怜的小东西说理，你应当预先告诉我，你这残忍的孩子！"朵拉颤抖着用那可怜的声音说道。

【语言描写】通过描写朵拉对大卫反驳的话语，显示出朵拉孩子气、撒娇任性的一面。

"朵拉，我的宝贝！"

"不，我不是你的宝贝。因为你一定是后悔你娶了我，否则你不会对我说理！"朵拉回答道。

"那，我亲爱的，你太小孩子气了，你是在说没有道理的话。我相信，你应当记得，昨天的晚饭我只吃了一半就得出处前天因为匆匆忙忙地吃了些半生不熟的牛肉，我至今还觉得肚子很不舒服；今天，这不，已经超过吃饭时间一个钟头了，我们还没吃上饭呢。我没有责备你的意思，亲爱的，我只是觉得你应该做点什么。"

【举例说明】大卫通过列举发生过的事例，说明问题的严重性，希望可以说服朵拉学会料理家务。

"噢，你这残忍的孩子，说我是一个讨厌的太太！我怀疑你是不是真的爱我？是不是应该娶我？"朵拉哭着说道。

"哦，朵拉，我亲爱的宝贝！我非常非常的爱你！永远地爱你！"看着她伤心的样子，我的心软了下来。我开始后悔不该说那样的话。于是，我搂着她、安慰她。

"亲爱的，你肯不肯用这样一个名字叫我？"朵拉说道。

"什么名字呢？"我微笑着问。

"那是一个愚蠢的名字，孩子妻。"她摇了摇她的卷发说道。

我笑着问我的孩子妻，她怎么会想到要我这样叫她？她一动不动地看着我回答道：

"你这蠢人，我并不是说，你应当用这个名字代替朵拉。我仅仅只是说，你应当照那样去想我。当你要对我发怒的时候，你就对自己说'这不过是我的孩子妻罢了'！当我很使你失望的时候，你就说，'我早就知道，她只能成为一个孩子妻！'当你发觉我不能做到我原有的样子的时候，你就说，'我那愚蠢的孩子妻依然爱我！'因为我确实真诚地爱你。"

延伸思考
【排比手法】通过排比句式的运用，生动有力地表达了朵拉的观点和对大卫的要求，流露出了朵拉天真、任性的性格。

在我们俩所有的谈话中，这一次是使我记得最清楚，也是给我留下印象最深刻的一次。我很高兴我当时没有再设法去改变我的孩子妻，因为我是那么真挚地爱着天真、纯洁、浪漫，还没有长大的、不知道忧愁的朵拉。我深深地懂得，我不能期望自己在很短的时间内把她改变成一个讲求实际的、聪慧、能干的女人。

我努力地写作。不久，我的第一本书问世了，十分成功。我并没有被赞誉声冲昏头脑。

我和朵拉依然那样生活着，我也依然那样深深地爱着她。然而，朵拉的身体不断地衰弱起来。朵拉的病情越来越重了，她一双小脚现在却是麻木迟钝、动弹不得了。我开始每天早晨把她抱下楼，晚上再抱上楼，她总是搂着我的脖子大笑，好像我为了打赌才那样做；我姨婆像是一位

延伸思考
【交代说明】通过交代朵拉越来越严重的病情，为下文中朵拉的不幸去世埋下了伏笔。

最称职的护士，总抱着披巾和枕头跟在我们的后面；狄克先生总是不肯把他那持蜡烛的职务让给任何人。

一天的清晨，突然看见辟果提大伯向我走来。他那被太阳晒得黑红的脸上却挂着喜悦的微笑。他说："大卫少爷！我那亲爱的孩子找到了。你是我们真诚的朋友，我这是专程来告诉你这件事的。"

"啊！她——爱弥丽找到了？快说说，您是在哪儿找到她的，又是怎样找到她的？"我惊喜地问道。

"大卫少爷，"他喝了一口水，说道。"我一路打听着小爱弥丽。我听说她被恶棍斯提福兹带往了意大利。那个恶棍就对她厌倦了，然后抛弃了她。爱弥丽终于又回到了伦敦。我经过海峡到了法国，然后又去了意大利和瑞士。当我走遍了整个欧洲也没有找到我的孩子时，我知道她总有一天会回到英国的。我就返回了伦敦。我每天都在伦敦的寻找打听她的下落。前天晚上，我在月光下远远地看见一个女人呆呆地站在一座大桥上看河水，于是我就慢慢地走过去靠近她。我看清楚了，她就是我的小爱弥丽！于是我上前抱住了她，她只喊了声'舅舅'便昏迷过去了。我亲爱的孩子现在跟我在一起。"辟果提大伯擦去激动的泪水，看着我舒心地笑了笑。

我对辟果提大伯说："下一步你们打算怎么办呢？"

他回答说："大卫少爷，我和爱弥丽已经打定主意，我们要去澳大利亚，在那里没有人会知道她的过去，她可以安心地工作和生活。"

我问他，是否已经定下动身的日期。

他回答说，"六个星期后，有一条船出发——我们就要搭这条船。"

"不带其他的人？"我问道。

"啊，大卫少爷，可怜的海穆已经不再是以前的他了。他的心是彻底地碎了。可他有一份好工作，他干活很卖力气，与周围的人相处得都很好，在雅茅斯很受欢迎呢，所以他要留在那儿。我的好妹妹也想留下来，一半是因为你，大卫少爷，你知道，她多么的爱你；一半是为了照顾海穆，替他干一些家务。至于古米治太太，我要在临走以前给她一笔生活费，使她晚年过得舒舒服服。"辟果提大伯说道。

"好啊，我祝您和爱弥丽在新的生活中一切如愿，处处顺利。我相信，上帝会保佑你们。"我紧紧握住他的手。

辟果提大伯说："谢谢你，大卫少爷，我会尽自己的职责。从今往后，不管是在英国还是在澳大利亚，我再也不会和我的小爱弥丽分开了！"

我诚恳地挽留老人在这里吃早餐，可他坚持要走，我目送着他迎着初升的太阳走去。

延伸思考
【语言描写】对辟果提大伯的语言描写，表达了他对爱弥丽深深的父爱与呵护之情。

名|家|点|评

大卫终于与朵拉喜结良缘，然而不幸的是朵拉身体越来越弱了。辟果提大伯经历千辛万苦后终于找到了爱弥丽并决定带着她去澳大利亚。

拓展训练

1. 朵拉对艾妮斯小姐的印象如何？

2. 大卫因为何事而惹得朵拉生气？

3. 辟果提大伯如何打算他和爱弥丽今后的生活？

十四、死亡与新生

名家导读

做尤利亚机要秘书的密考伯先生突然写信要求大卫他们去事务所，究竟为何事呢？

一天，我和特拉德尔都接到一封密信，密考伯先生写给我们的信。他要求我们俩以及我的姨婆、狄克先生一起去坎特布雷威克菲尔——希普事务所。他说他要让我们看一看尤利亚·希普那卑鄙恶劣行径的罪证。我与特拉德尔、我姨婆、狄克先生立即坐上长途马车去了。

我们按照密考伯先生约定的时间，准时来到威克菲尔先生的住宅。密考伯先生已在门口迎候我们，把我们领进了尤利亚·希普的办公室。尤利亚见到我们感到十分吃惊。密考伯先生把艾妮斯也领了进来。

当她问候我们时，我看到尤利亚在监视着她。同时，密考伯先生向特拉德尔使了一个眼神，于是特拉德尔便走了出去。

"你不必在这儿伺候了，密考伯。"尤利亚说道。

密考伯先生，手握着胸前的界尺，直立在门前。

"你待在这儿等什么？"尤利亚说道。"密考伯！你听

延伸思考

【细节描写】通过交代密考伯先生对特拉德尔使眼神的细节，设置了悬念。

见我对你说不必伺候了吗？"

"听见了！但是，我愿意待在这儿！"

"你是一个败家子，全世界都知道，"尤利亚紧张的神叫道。"恐怕你是想让我开除你吧。滚开！等一会儿我要跟你谈话！"

"假如这个世界上只有一个恶棍，那个恶棍的名字就是你尤利亚·希普！"密考伯先生突然说道。

尤利亚仿佛当头挨了一棒，说道：

"哦嗬！这是一种阴谋！原来，你们是约定好的到这里来聚齐呀！科波菲尔，你在串通我的秘书，是不是？你从最初来到这里的时候，就是一条骄傲的小狗，你妒忌我的高升，是不是？放弃你那反对我的计策吧，我要用我的计策来攻破你的计策！威克菲尔小姐，假如你多少还爱你的父亲的话，我劝你最好不要加入他们这个团伙。否则，我要毁掉你的父亲。科波菲尔，我知道你在仓库里当童工的那一段历史。密考伯，假如你不想遭毁灭的话，我劝你给我滚开，你这傻瓜！这可是我对你们大家的最后一次警告！"

"密考伯先生，请您告诉我们大家，关于这个人，您想要说些什么！"我平静地说道。

这时，几分钟前离开这间办公室的特拉德尔带着希普太太走了进来。尤利亚恶狠狠地问道：

"你是什么人？你来这里要干什么？"

"我是威克菲尔先生的代理人和朋友。先生，我口袋里有一份他给我的全权委托书，授权我代表他处理一切事务。"特拉德尔说道。

"那头老毛驴喝酒喝昏了头，你的委托书完全是用欺诈手段从他那里骗来的！"尤利亚说道。

"我知道，他已经被人用欺诈手段骗去一种东西了，"特拉德尔说道，"你也知道，希普先生。假如你高兴的话，我们还是请密考伯先生来说吧。"

密考伯先生从口袋中掏出一份材料，开始念道：

"女士们，先生们！我现在要揭发这个十足的恶棍。我在急需摆脱困境的时候，进入了名义上是由威克菲尔和希普合伙经营而实际上是由希普一个人操纵的事务所。希普，只有希普，才是那个造假者和骗子。"

这时，尤利亚的脸色由白转青，腾身向那份材料冲去。密考伯先生灵活地躲开，并用界尺击中他的右手，这一下打得他那只手动弹不得。

尤利亚疼得扭动着身子说："你这个该死的，我一定要报仇！"

"再过来，你——你这无耻的家伙，假如你的脑袋是人的，我就要打破它。来吧，来吧！"密考伯先生愤怒地说道。

尤利亚吓得立刻坐了下去，用他的左手捂住右手呻吟起来。

密考伯先生又继续念下去：

"初开始，希普利用我的贫穷来收买我，企图要我与他同流合污，实施他的罪恶计划。但是，我虽贫穷，可我不能忍受他的种种劣行。所以，我今天把你们各位请来，就是要让你们倾听我对希普这个恶魔的控诉！第一项，在威克菲尔先生根本不适于处理业务时，希普总不离他左右，逼迫他处理业务。他把重要文件冒充非重要文件，得到威克菲尔先生的签字。他诱骗威克菲尔先生授权给他，使他不断地从托管金里提出款项，诡称用以偿付业务开支和亏欠。这样就给被托管人造成一种假象，好像这些钱自始至终出自于威克菲尔先生欺骗的意图。可怜的威克菲尔先生自己也误以为是他自己不诚实所造成的，不断地陷入非常痛苦的自责状态。第二项，希普经常模仿威克菲尔先生的笔迹签写文件和支票。现在我手里掌握有数个希普仿造威克菲尔先生笔迹的确凿证据。第三项，希普几年来一直不断地贪污威克菲尔先生事务所里的大量现金。据我所掌握的确凿证据，希普伪造假手续，一次就从托管金里盗出一万二千六百十四镑二先令九便士。这些被贪污的钱都是有账可查的。"

【语言描写】
对尤利亚激动愤怒语言的描写，显示出人物负隅顽抗的狡辩心理。

"你可得拿出证据，你这个傻瓜！马上把证据给我拿出来！"尤利亚摇晃着脑袋，用这话来恫吓。

"作为你的心腹，我已经把那些必要的东西取出来交给特拉德尔先生保管了，先生。"密考伯先生说道。

尤利亚突然从椅子上跳起来，奔向保险柜，"哐啷"一声打开柜门，里边是空的。

【动作描写】
通过描写尤利亚的动作，显示出人物内心焦虑不安、惊慌失措的样子。

"账本到哪里去了？有贼把账簿偷走啦！"他惊慌失措地喊道。

"是我这个贼偷的，"密考伯先生说道。"今天早晨，我跟平常一样从你手里接过钥匙把柜子打开，偷走了账簿。"

特拉德尔说："你用不着不放心，账簿已经到了我的手里。我一定要在我说的那个人的授权下，好好保管的。"

"尤利，尤利！"希普的母亲叫道，"要谦卑，讲和吧！我知道，我的儿子会谦卑的，先生们，只要你们肯给他时间让他考虑考虑。科波菲尔先生，我相信，你是知道他一向都是很谦卑的呀，先生！"

"母亲，安静点！不要帮助我们的敌人！科波菲尔情愿出一百镑买你刚才那一番话呢！"尤利亚怒气冲冲地对他母亲说道。

我姨婆这时突然向尤利亚扑过去，两只手抓住他的衣领，厉声问道：

"你知道我要什么吗？"

"要一件给疯子穿的紧身衣。"尤利亚说道。

"不。我要我的财产！艾妮斯，我亲爱的，原来我还真的以为是你的爸爸把我那份财产弄光了，所以我不敢对你和大卫说实话，只说是自己赔光了，为的是怕伤害到你。可现在真相大白了，原来我的那笔钱是这个恶棍偷走的，那我就必须得要回来！大卫，来，从他这里把那笔财产取回来！"

我和特拉德尔急忙把他们两个拉开，并向我姨婆保证，我们一定要把他窃取的一切不义之财全部退赔出来。这样，才使我姨婆安静下来。

这时，希普太太给我们大家跪下了，乞求我们饶恕她亲爱的孩子。

"安静，母亲！"尤利亚说道。然后转向特拉德尔恶狠狠地问道，"你要怎么办？"

特拉德尔严厉地说："你必须这样办，希普。你要把合伙事务所的所有账本、文件和钥匙都交到我们手里；所有你自己的账本和文件，所有的钱财出入账和有价证券，不管是你自己的还是事务所的，统统都得由我们来保管。"

他皱了皱眉头问道，"那，假如我要是不同意呢？"

"科波菲尔，或许你应该去市政厅叫两个警察来。这事通过法庭也可能处理起来要慢一些，但最终威克菲尔先生会要回他的事务所，而你，希普，将要在监狱里待上很长一段时间。"特拉德尔说道。

尤利亚已经意识到不按照我们的要求去做是不行了，于是，他便去取文件了。特拉德尔让狄克先生跟他一块儿去。

经过特拉德尔和密考伯先生几天的工作，他们把一切假账目都更正了过来。我姨婆的那笔财产得到退赔，并彻底算清、讨还回来了尤利亚贪污事务所的大部分款项。威克菲尔先生决定卖掉事务所，然后退休。尤利亚·希普和他的母亲离开了坎特布雷。

我们都很感激密考伯先生，大家在一起出主意想办法，都想尽快帮助他们一家摆脱困境。

"密考伯先生，您想没想过移居海外？澳大利亚是一个新国家，那里有很多发展的机会呢。"我姨婆对他说道。

密考伯先生说："噢，小姐！你这个主意真是太妙了！只是，只是我们连去的路费也没有啊，小姐！"

"哦，这事好办，你能帮我们这样大的忙，我们理所当然地也应该来帮你的忙。你说不是吗？密考伯先生！大卫认识的那位辟果提先生，不久就要去澳大利亚。假如你和你的太太决定去的话，你们可以搭乘同一条船。这样，你们可以相互照应。"我姨婆说道。

"这太好了，太好了！我相信，在那里肯定会很容易出现转机的。"

于是，我姨婆非常慷慨地借给了密考伯先生全家一路所需的费用。他们一家很高兴地收拾行装，做好临行前的一切准备。

【延伸思考】
【交代说明】通过交代说明事情的最终结果，终于善恶分明，圆满收场，使读者为之欣慰。

【名词解释】
【交代说明】通过交代密考伯移居海外所需费用的来源，显示出姨婆知恩图报、热情慷慨的性格。

我一直惦念着病中的朵拉。当我心急如火地赶回了伦敦。她的病情越来越严重了。朵拉现在已经不能下楼了，她只能整天躺在卧室里。

一天，我坐在她的身边。

"我要跟你说几句话，我亲爱的。我要跟你说几句近来我常想说给你听的话。你不介意吧？"她柔情地望着我。

"怎么会呢，我的宝贝！"

"因为我不知道你要怎么想，或有时候你会怎么想。也许你已经常这样想了。大卫，亲爱的，恐怕我太年轻了，是指经验、思想、各个方面。我是这样一个小傻瓜哟！如果当年我们只是像天真的少男少女那样相爱一阵子，然后把它忘掉，恐怕要好一些呢。我已经开始想，我不适合做一个太太。"

我强忍住眼泪，回答她说："哦，朵拉，亲爱的，正如我不适合做一个丈夫啊！"

她像往常那样晃着她的卷发说："我不知道，也许是那样！不过，如果我更适合结婚，我也或许使你更适合呢。另外，你很聪明，我可不行。"

"咱们一直过得非常快活呀，我可爱的朵拉。"

"我是很快活，非常的快活。不过时间久了，我这个亲爱的孩子就会厌倦他的孩子妻呢。她越来越不成为他的伴侣。他会越来越感觉到家庭中所缺乏的东西。他这个太太不会长进了，所以还是现在这样好。"

"哦，朵拉，我最亲爱的，不要对我说这样的话啦。每一个字都是对我的责备呀！"

"不是，一点儿也不是！"她吻着我回答道。"哦，我亲爱的，你绝对不应当受到责备，我也太爱你了，绝对不

会认真——除了长得漂亮以外——或者你觉得我漂亮——认真是我唯一的优点——对你说一句责备的话。楼下是不是很寂寞，亲爱的？"

"非常，非常的寂寞！"

"不要哭！亲爱的，我的椅子还在那里吗？"

"还在老地方。"

"哦，我的可怜的孩子哭得多痛心啊！不要哭！不要哭！答应我一件事好吗？我想见一见艾妮斯。我非常想见她。"

"我一定给她写信，我亲爱的。"

"真的吗？"

"我这就写。"

"你可真是个会体贴人的好孩子！亲爱的，抱一抱我。我非常想见她。这不是一种什么奇怪的想法，也不是一种愚蠢的幻想。我实在是非常想见她呢！另外，你这样告诉艾妮斯，当我对她讲话的时候，不准任何人来——连姨婆也不准来，我要单独跟她讲话，就跟艾妮斯一个人讲话。"

第二天，艾妮斯来了。

我坐在客厅的火炉边，怀着悔恨的心情，琢磨自从和朵拉结婚以来所滋长的未告人的秘密感情。我想到了我和朵拉之间每一件琐细小事，明白了这样一条真理，那就是琐细小事组成了生活的总体。

艾妮斯悄然走下楼来，她的脸——那张满含怜悯、悲哀的脸啊！那如雨倾注的眼泪啊！那诉诸我的可怕的默默无语啊！那高举着指向苍天的庄严的手啊！

我明白了！一切都完了。

名词解释
【对话描写】通过描写朵拉与大卫之间的对话，流露出朵拉预感到自己病情态势的复杂心情。

延伸思考
【感叹句式】一系列感叹句式的罗列，强烈地表达了艾妮斯和大卫伤心欲绝的心情，这也暗示出朵拉已经走了。

正当我刚刚掩埋了朵拉，处在万分悲痛之中的时候，我收到了爱弥丽的一封短信——给海穆的。她委托我把这封信转交给海穆，因为她和辟果提大伯两周后就要启程前往澳大利亚（密考伯先生一家与他们同船）。

我前往雅茅斯的那天晚上，是一个暴风骤雨的天气。马车到达雅茅斯时，我看到大多数的当地人都跑到大街上或空旷的地方，因为他们不敢躲在屋里，害怕暴风会把他们的房子或烟囱刮倒。许多老人、妇女和儿童们都在哭泣，他们担心着那些驾着小船出海的亲人们。而此刻那汹涌澎湃的大海却无情地掀起一座座小山似的巨浪。

延伸思考
【解释说明】通过解释说明人们不敢躲在屋子里的原因，说明了当时暴风的巨大。

我来到我所熟悉的那家旅店，刚躺到床上想消除一下旅途的疲劳，就听到有人在敲我的房门，并呼唤我。

"什么事？"我大声问道。

"有条船出事了，就在附近！"

我从床上一跃而起，问道，是条什么船？

名词解释
【动作语言描写】通过描写大卫的动作与语言，显示出大卫的担心和不祥的预感。

"一条双桅帆船，是从西班牙，要么就是从葡萄牙来的，船上装着水果和酒。你要是想去看，就得赶快起来，先生！海滩上的人都说，它随时都会被撞得粉碎。"

那个激动的声音一路叫喊着下楼去了，我急忙胡乱穿上衣服，跑到大街上。

好多人已经跑在我的前面，都朝着一个方向跑，朝着海滩上跑。我也朝向同一个方向跑，超过了一些人，很快就来到发狂的大海前。

就在我们前面不远，那条触滩的帆船正在浪尖上颠簸回旋，它的桅杆从距甲板六七英尺高的地方折断了。船上的人乱作一团，其中一个青年人留着长长的卷发，在那些人中间特别引人注目。但是，就在一刹那间，岸上发出一片喊声，压过了风声水声。但见大海掀起一个巨浪，打在那条破船上，把甲板上的一切一扫而光。岸上所有人的痛苦更厉害了。不一会儿，那条船又浮了上来。只见上面只剩下那个很活跃的、留着卷发的青年。他拼命地抱着折断了的桅杆，向岸上大声呼救。岸上的人像疯了似的在海滩上跑来跑去，可又实在想不出救援的办法。我拦住一群我认回识的水手，哀求他们，不要让那个遇难的卷发青年在我们眼前丧命。我身边的一位渔夫告诉我说，除非有人敢豁出性命，带上绳子泅水过去，否则再也没有什么办法可想了。正在这时，我看见岸上的人群中又起了骚动，人们向两边分开，只见海穆拨开众人，走到前面。

【情景描写】
通过描写巨浪拍打破船的情景，显示出巨浪的巨大威力。

我急忙向他跑去。他正在往腰间麻利地拴着一根绳子，几位壮实的青年扯着绳子的另一头。我立刻警醒，并深切感到他的危险。我用两臂紧紧搂抱着他往后拖，并恳求我刚才恳求过的那些人不要听他的话，不要让他离开海滩一步！

岸上又发出一片呼喊声，我们往海面上看去，只见那条破船又一次被一个巨大的浪头打了下去，过了一会儿又浮了上来，船上那个卷发青年他大张着嘴向岸上绝望地呼喊着。

"大卫少爷，"海穆精神勃勃地握住我的双手说道。

"要是我活到了头，逃也逃不过去。要是还没活到头，那我就再等等。愿上帝保佑你，保佑所有的人！伙伴们，准备好，我就要去了！放绳！"海穆说着看了我一眼，脸上露出憨厚的微笑，然后一头扎进了海里。他奋力与海浪搏斗着。那一段距离本来算不了什么，但是风与浪的威力使得那场斗争成为生与死的斗争。他终于接近了那

【语言描写】
通过描写海穆的语言，显示出海穆见义勇为、临危不惧的精神。

条船。他离得那样近，看起来只要再奋力一扑，就能抓住船了——恰在此时，从船的背后涌起一个大浪，朝岸上扑来，他好像猛然用力扎进了海里，而那条船也不见了！

等人们一边发出惊恐的呼喊声，一边把绳索收回来时，海穆已经被无情的大浪打死了。

人们把海穆的尸体抬到近处的屋子里。

我在安放海穆尸体的床边坐下来，一个在我和爱弥丽小时候就认识我的渔夫，来到了小屋的门口。

"先生，你能到那边去一下吗？"他那饱经风霜的脸上挂着眼泪，他的脸色和他那颤抖着的嘴唇一样煞白。

"是不是有尸体冲到岸上来了？"

"是的。"他说道。

"是我认识的吗？"我问道。

他什么也没回答。

但是，他却把我领到了海边。我看见他头枕着胳膊躺在那儿，正像我在学校里常常看到他躺着的姿态一样。

这天夜里，雇了一辆轻便马车，我陪着斯提福兹，向他家里走去。

我再也不能待在伦敦过那种旧的生活了，因为有那么多的幽灵包围着我，使我整天陷入在为失去我的孩子妻和儿时朋友的悲痛之中。所以我暂时离开了英国，远走欧洲游历了数月。

我来到了瑞士。一天傍晚我在一位向导的带领下翻越一座陡峭的大山，打算进入一个山谷，住宿在一个小村子里。我在小村子里收到了寄来的一捆信，这是艾妮斯寄来的。她仅以她那热烈的态度告诉我，她对我是多么信赖。她说，像我这样的性格，一定能从苦难中得到教益。她知

名词解释

【结局描写】通过交代海穆葬身大海的结局，使得故事情节充满了悲壮的氛围。

延伸思考

【神态描写】通过描写渔夫的悲伤的神态，预示着又有什么不幸的事情发生了。

道，苦难的磨砺，感情的激荡，一定能使我的性格变得更完美、更坚强。她确信，通过我所经历的悲哀愁苦，我在每一种目的上都会有更坚定、更崇高的趋向。她知道，在我身上，悲哀愁苦未必就是软弱，而必定是力量。

我似乎感觉到自己正从不愉快的梦境中醒来。我开始明白自己是那么的挚爱着艾妮斯。多年以来，她才是真正一直引导我、支持我的人。爱上朵拉是个错误吗？但毕竟我们俩都很年轻，这是事实。我一直把艾妮斯称作妹妹，或许现在我已经没有资格问她对我的爱是否能超过兄妹般的爱。不管怎样，在阔别三年之后，我又回到了自己的故乡。

延伸思考
【心理描写】大卫内心开始反思自己与艾妮斯的感情以及与朵拉的婚姻，这为下文中大卫与艾妮斯的结合做了铺垫。

我欣喜地发现，我的好朋友特拉德尔已经与他那可爱的苏菲姑娘结了婚。特拉德尔已经成为一名正式的律师，而且干得十分出色。

我姨婆这时已经又搬回到了斗佛居住。我在回到伦敦的第二天夜晚就赶到斗佛，我姨婆、狄克先生还有亲爱的老保姆辟果提（她如今是我姨婆的管家了），都大张着胳膊，流着高兴的眼泪迎接我。

当客厅里只剩下我和姨婆两个人的时候，我问到了艾妮斯。

我姨婆说："哦，亲爱的艾妮斯，跟以前一样善良、美丽、真诚、无私。要是我知道还有什么更多的赞美字眼儿，我一定会都用来赞美她。"

名词解释
【语言描写】通过描写姨婆的语言，显示出姨婆对艾妮斯小姐的好感和赞赏。

"艾妮斯有没有……"我自言自语地说道。

"喂，有没有什么？"我姨婆追问道。

"有没有心上人。"

"有二十个。自从你走了以后，我亲爱的，她要是想结婚的话，恐怕二十次婚都结了。"我姨婆怀着一种骄傲的心情诙谐幽默地说。

我说："这是毫无疑问的。不过没有谁能够配得上她呀！艾妮斯不会看中配不上她的人。"

"我怀疑她有一个心上人，大卫。"我姨婆微笑着有点儿神秘地说道。

"一个有出息的人？"

我姨婆严肃地回答道："大卫，这我可不能说。就连刚才的话，我都没有权利告诉你。她从没私下对我说过这事，我只不过是猜测罢了。喂，大卫，你什么时候去看艾妮斯和她爸爸呀？"

"亲爱的姨婆，我明天早晨就去。你一块儿去吗？"

"大卫，亲爱的，我想，还是你自己去的好。"我姨婆笑着说道。

第二天清晨，当我走进威克菲尔先生那座住宅时，我有一种到了家的感觉。当艾妮斯向我走来时，她那双美丽娴静的眼睛与我的眼睛相遇在一起。她停下来，把手放在胸前，我急步上前，把她拥抱在怀里。

"艾妮斯！我亲爱的姑娘！我来得太突然了。是吗？"

"不！不！看见你，我非常高兴，大卫！"

"亲爱的艾妮斯，又看见了你，这是我的幸福！"

我紧紧地搂住她，有一小会儿，我们都默默不语。

随后，我们肩并肩坐了下来。

"你打算还要出去吗？"艾妮斯问我道。

"妹妹，你对这个问题怎么看？"

"我希望你不再出去。"

"那我就不再做这种打算了，艾妮斯。"

【语言描写】姨婆神秘的话语中，暗示出姨婆似乎知道艾妮斯对大卫的感情，只是大卫还"当局者迷"。

【对话描写】通过大卫与姨婆之间的对话描写，显示出姨婆有意创造机会让大卫和艾妮斯互诉表白的想法。

她温和地对我说：“既然你问起我来，我就得说，你不应该再出去了。你的名声和成就越来越大，你的做好事的能力也随之增大。就算我舍得了我这个哥哥，”接下来她望着我说，“恐怕时光也不允许吧。”

“我所以有今天，都是你一手造就的，艾妮斯。这你知道得最清楚。”

“是我一手造就的，大卫？”

“是啊！艾妮斯，我亲爱的姑娘！”我俯身对她说，“今天咱们一见面，我就想把自从朵拉去世后，我的一些想法告诉你。你记不记得，那时候你从楼上下来，到我们的客厅里来见我，艾妮斯——用手往上指着？”

她眼里满含泪水，回答说：“哦，大卫！那么可爱，那么年轻，那么坦诚，我怎么能忘记呢？”

“从那时候起，我常想，我的妹妹，在我看来你一直是那个样子。永远向上指着，艾妮斯；永远引导我走向更美好的未来；永远指点我争取更崇高的理想！”

她摇了摇头，透过她的泪花，我看到同样带着淡淡哀愁的微笑。

“艾妮斯，亲爱的，请告诉我，你的心上人是谁，好吗？”我说出来最想知道的话。

“亲爱的大卫，能不能不谈这个问题。我感觉身体有点儿不太舒服呢。”她说道。

她正想走开，我伸出胳膊拦腰把她抱住了：“在过去几年里，你对我的引导和帮助使我永远不能忘怀。亲爱的艾妮斯！我今天到这儿来的时候，本以为无论什么都不能从我心里把这番表白掏出来，本以为我可以把它终生藏匿，直至我们风烛残年的时候。但是，艾妮斯，假如我真有新

名词解释

【反问句式】反问句式的运用，流露出艾妮斯对回忆英年早逝的朵拉时伤心之情。

延伸思考

【对话描写】通过描写大卫与艾妮斯之间的对话，流露出艾妮斯欲说还休的纠结心理。

生的希望，可以有一天用比妹妹更亲密，跟妹妹截然不同的——称呼叫你！"

她的眼泪扑簌簌落下，我看到了我的希望在她的眼泪中闪光。

她依然哭泣着，是愉快的了！她任由着我把她搂在怀中。

"当我爱朵拉的时候，如果没有你的同情，我的爱也是不会圆满的。我得到了你的同情，我的爱也就尽善尽美了。当我失去她的时候，如果没有你，艾斯妮，我会成为什么样子呢？"

她更加紧紧地依偎在我的怀里，更近地贴在我的心上，她那颤抖的手放在我的肩头，她那温柔的眼睛含着晶莹的泪花看着我的眼睛。

"亲爱的艾妮斯，我远走异国，是因为爱你。我流连不返，是因为爱你。我毅然而归，也是因为爱你！"

"我非常幸福，大卫——不过，我有句话必须对你说一说。"

"最亲爱的，是什么话呀？"

她把她那柔和的双手放在我的肩头，平静地看着我的脸。

"你还没想到——是什么吗？"

"我不敢妄加猜测，亲爱的，快告诉我吧！"

"我一直爱着你！"

哦！我们快活无比，我们无比的快活！我们热泪纵横。

我们在两个星期内结了婚。我们驱车去欢度我们那幸福的蜜月生活！我紧紧地把艾妮斯搂在怀里。她是我一生中雄心壮志的源泉，是我这个人的中枢，是我生命的中坚，是我永不可分离的最亲爱的人！

艾妮斯说："亲爱的丈夫！既然现在我可以这样称呼你了，我还有一件事要告诉你。"

"告诉我吧，爱人。"

"这件事发生在朵拉临终的那天夜里。她打发你要我来的，是吗？"

"是的。"

"她告诉我说，她留给我一样东西。你能猜出是什么东西吗？"

我相信我能。我把已经爱我那么长久的太太艾妮斯搂得更紧一点儿。

"她告诉我说，她向我做最后一种请求，也托付我最后一件事。"

"那就是……"

"那就是，她说，只有我才能够弥补这个空缺。我相信也只有如此。"

艾妮斯把头贴在我的胸脯上，哭起来了；我跟她一起哭。

我的故事将接近尾声。至今我已经出版了好几本书，成了一位著名的作家。我和艾妮斯结婚已有二十年，现在已经儿女成群，生活得非常的幸福美满。我们不断地收到远在澳大利亚的丹尔·辟果提先生和密考伯先生的来信。丹尔·辟果提先生和爱弥丽在那里广交朋友，生活得也很快乐；密考伯先生在一个大集镇里成了一位重要的人物，他的一家人都很习惯那里的生活。我姨婆、狄克先生和辟果提都已经成为白发苍苍的老人，但身体依然都很健康，他们经常抽出空来陪我们的孩子们一起玩耍。我的老朋友

延伸思考
【语言描写】通过描写艾妮斯对朵拉最后和她见面时情节的回忆，设置了一个小悬念，引出下文缘由。

延伸思考
【语言描写】大卫对艾妮斯的回答，显示出俩人的默契，更表达了他们对朵拉临终善良无私的遗言的感动。

特拉德尔已经有了两个儿子，他即将升为法官。

当我想着我的朋友、家人时，艾妮斯那可爱的面庞总闪耀在我的眼前。现在，她就在我的身边，陪伴着我写作。我最欣慰最幸福的是有她这样的伴侣。我希望在我的人生之路走到尽头时，她能在黑暗中与我同在，为我指引光明！

名家点评

在密考伯的帮助下，尤利亚的阴谋终于被揭穿，事务所的财务问题得以解决。朵拉最终病逝，海穆和斯提福兹也不幸葬身大海，伤心欲绝的大卫选择远走他乡。多年后幡然悔悟的他最终与同样深爱着他的艾妮斯走到了一起。

拓展训练

1. 密考伯先生给特拉德尔使眼神的用意何在？

2. 善良朴实的海穆最终因何而死？

3. 朵拉临终时对艾妮斯交代了什么事情？